いかだネコG《ジー》氏《し》12のぼうけん

山下明生 作
高畠那生 絵

もくじ

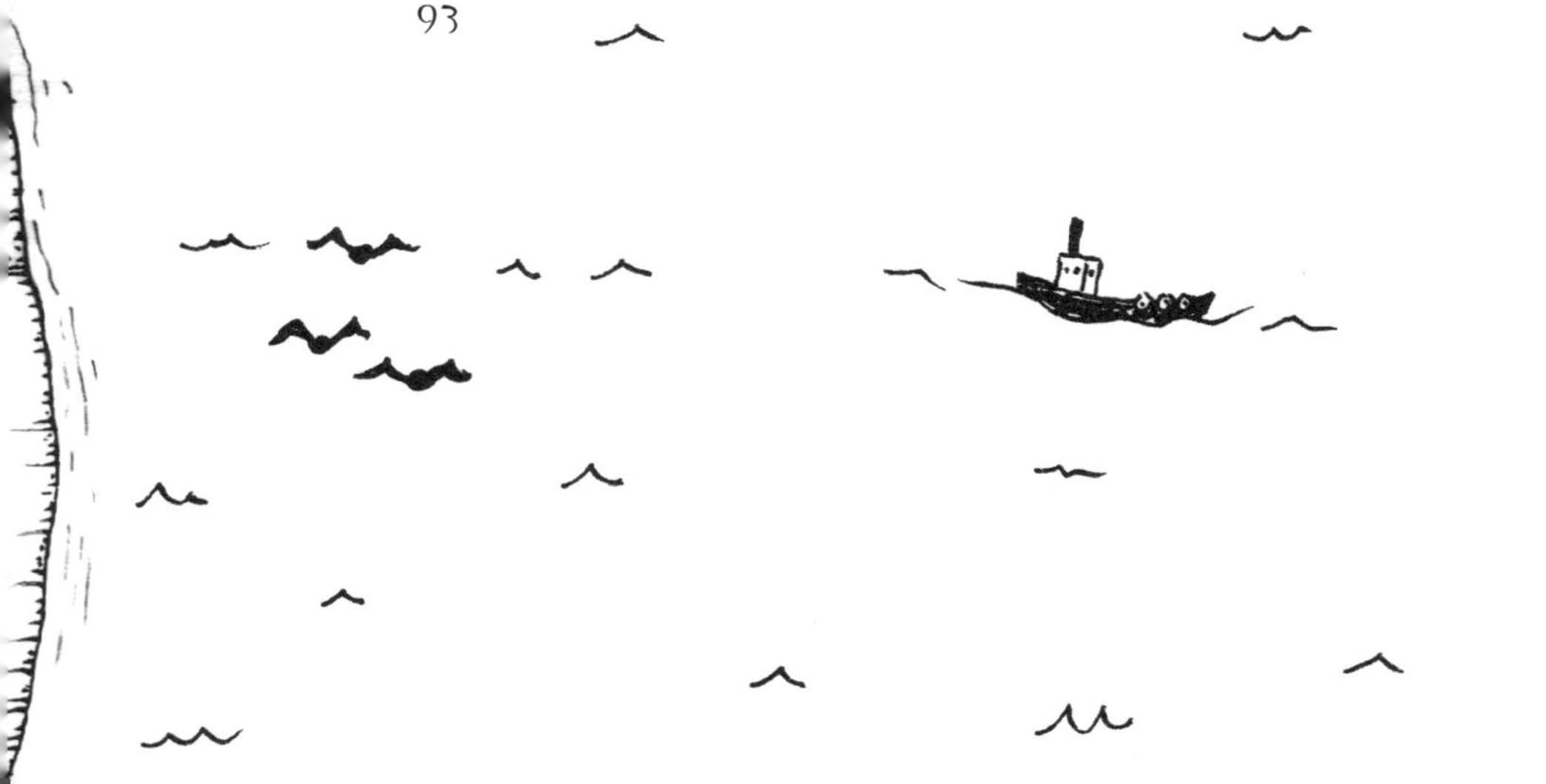

第1のぼうけん
＝いのちの綱《つな》

おれ、ネコ。名前はある。けど、いわない。とくめい希望でいくんだ。よければ、G氏《ジーし》とでも呼《よ》んでくれ。

このG氏（つまりおれ）は、そんじょそこらのネコじゃない。コッパ養魚天国の、れっきとした社員なのだ。

コッパ養魚天国は、瀬戸内海《せとないかい》の島にある新しい養殖場《ようしょくじょう》だ。

養殖《ようしょく》といえば、タイやヒラメやハマチなど、いろんな魚を何年もいけすで育て、大きくして出荷《しゅっか》する、いわば海の牧場だ。けど、ここの養殖場《ようしょくじょう》は、当分はタイ一本で勝負するという。

一日じゅう、魚のにおいにつつまれてはたらくのだから、ネコにとって、これほどおいしい職場《しょくば》はない。このまえ、島の税務署《ぜいむしょ》が調査《ちょうさ》にきたときも、

「あれは、うちのだいじなはたらき手じゃ。よう番をしてくれますけん」

と、コッパ社長がG氏（つまりおれ）を指さしながら、話していた。

「番をさせるなら、イヌのほうがよかろうに。番ケンとはいうても、番ネコとはいいませんで」

税務署員《ぜいむしょいん》も、理屈《りくつ》をこねる。

「いや。あれにかぎっては、イヌよりなんぼかたよりになる。うちの、りっぱな社員ですわい」

「社員なら、月給、はろうちょりますか」

署員《しょいん》がきくと、社長はこうこたえた。

「この養魚場ができて三年めですけん、利益《りえき》はまだ出ませんが。じゃが、

この夏からは、ぼちぼち出荷《しゅっか》できるようになりますけん。せめて、じぶんの給料くらいはなんとかしたいところじゃが、ネコのぶんまでは、手がまわらんで。一ぴきの口をやしなうのが、今はやっとじゃ」

給料なんか、それこそG氏にとっては、ネコに小判《こばん》だ。けど、毎日の食事は、もうしぶんなくいただいているから、じゅうぶん満足している。

「魚が売れるようになったら、あれにもわけまえを出してやるつもりじゃ。そんときにゃ、必要経費《けいひ》でおとしますけん、税金《ぜいきん》のほう、たのみますで」

コッパ社長は、そんなことまでいっている。

社長のコッパさんは、島の高校を出た青年で、おととしの春から島はずれの入り江《え》にいかだをならべて、魚の養殖《ようしょく》をてがけている。

育てられる魚たちにも、天国のような暮《く》らしをさせたいと、コッパ養魚天国という社名をつけた。木葉《きば》という名字をもじって、コッパという。はじめは木の葉のようにうすっぺらでも、やがては大木に育つという期待をこめて。

できたての会社なので、社長のほか社員はG氏ただひとり。つまりG氏は、この会社で二ばんめにえらいというわけだ。

いかだには、作業小屋がついていて、たたみ一枚《まい》ほどの寝場所《ねばしょ》もある。小屋は波をかぶらないように一段《だん》高くなっており、床下《ゆかした》には、板切れやダンボールなどがらくたがおかれている。

G氏の仕事は、おもにいかだの見まわりと、夜の当直だ。いそがしいときには、魚の餌《えさ》やりや網《あみ》そうじなんかを手つだうこともある。

一日の仕事がおわると、コッパ社長は船外機のついた小舟《こぶね》で、島のじぶんの家に帰っていく。

夜はG氏ひとりが、いかだの小屋にのこるという毎日。つまりG氏は、二十四時間勤務《きんむ》の労働者というわけだ。

養魚場のいかだは、対岸の松の大木と丈夫《じょうぶ》なロープでつながっている。沖にも何丁かいかりをいれて、いかだが流されないようになっている。

「これだけ補強《ほきょう》しておけば、しょうしょうの台風でも安心じゃろう」

と、コッパ社長はいう。しかし、油断《ゆだん》はできない。

油断《ゆだん》すると、岸からいかだにのびたロープをつたって、黒いギャングが乗りこんでくるからだ。魚の餌《えさ》をねらう、ネズミどもだ。

G氏がはじめてここにきたとき、岸といかだをつなぐロープの中ほどに、ネコの顔をきりぬいたブリキ板がくっついていた。

なんのまじないかと思ったら、社長お手製《てせい》のネズミ返しだという。

つまり、綱《つな》わたりではいりこもうとするネズミが、ネコの顔におそれをなして、まわれ右するという仕かけだ。もちろんその顔は、コッパ社長がじぶんでかいた。

が、こんなものでひきさがるネズミどもではない。ブリキのネコを乗りこえて、いかだを荒《あ》らしにやってくるやつもいる。

どうやらコッパ社長がＧ氏をやとう気になったのは、このネズミ対策《たいさく》が目的だったようだ。


今年の梅雨《つゆ》のはじめころ、Ｇ氏（つまりおれ）は島の山中をひとりでさまよっていた。どういうわけかは知らないが、林の中におきざりにされたのだ。そのあたりは、島の南のはずれで人家もなく、イヌやネコをすてていくのに都合のいい場所なのだ。

三日三晩《ばん》、Ｇ氏は雨にうたれながら、山の中をさまよいあるいた。イノシシの足あとにおどろいたり、キジの鳴き声にとびあがったり、のら犬の遠ぼえに肝《きも》をひやしたり、まっ暗な穴《あな》にすべりおちたり、もういつ

死んでもおかしくないようなありさまだった。

食べるものといえば、しぶいカナブンとひからびたミミズを、四つ五つかじったくらい。お腹《なか》と背中《せなか》がくっつきそうで、せめて水でも腹《はら》にいれようと、ふらふらになりながら泉《いずみ》のそばまでたどりついた。

そこで運よく、水くみにきていたコッパさんと出会ったのだ。

最後のいのちの綱《つな》とばかり、G氏は、コッパさんの長ぐつにしがみついた。

泣く声も出せないほどつかれているG氏を見て、コッパさんはいった。

「ひとりでついてくるだけの、根性《こんじょう》があるなら、いかだの家で飼《こ》うてやってもええど」

ポリタンクに清水をくんで、山をおりるコッパ社長のゴム長を見うしなわないように、G氏は必死であとを追った。なるべく元気に見せようと、しっぽをぴんとたてて、山道をころがりおりた。

ようやく、浜辺《はまべ》の小舟《こぶね》までやってくると、

「おお、えらかった。ようやった。その根性《こんじょう》なら、いかだのネコとしてりっぱにつとまるじゃろうて」

コッパ社長はそういって、弱ったG氏を小舟《こぶね》に乗せ、いかだの小屋につれていってくれたのだ。

そこでG氏は、めでたくコッパ養魚天国の入社試験に合格《ごうかく》したというしだい。G氏の首には、名前と電話番号のついた首輪がつけられ、だれが見ても、コッパ養魚天国の社員だとわかるようになっている。

ところでG氏は、じぶんの年がいくつか、よくわからない。うっすらと、どこかの家で飼《か》われていた記憶《きおく》はあるが、そのころはまだ赤ちゃんネコだった。

ある日、車に乗せられ島のこのちかくまでつれてこられたのはおぼえている。そして気がついたときには、だれもいない山の中をあるいていた。あまりにかなしかったので、そのあたりのことは、霧《きり》の中みたいにぼやけてしまった。とにかく、あそこでコッパ社長と出会わなければ、もうこの世にはいなかっただろう。

たぶんにんげんなら、小学生か中学生くらいの年だろうが、べつにいくつだろうとG氏は気にしていない。

ネコはにんげんよりはやくおとなになるから、一人前の社員として、精《せい》いっぱいはたらくだけだ。

コッパ社長のほうは、まだ二十《はたち》そこそこの若《わか》さだが、なかなかの人物だ。

小屋の前のドラム缶《かん》で、ごみをもやしながら、

「この夏がすぎたら、はじめての魚を出荷《しゅっか》できるで。ええ魚をつくりまくり、このドラム缶《かん》を、ソウセキでいっぱいにしちゃるけん。そうなりゃおまえにもブチええ生活をさせちゃるけんのう」

と、ヒロシマ弁《べん》でG氏にいう。ホウセキではなく、ソウセキなのだ。

なにかと思ったら、千円札の顔になっているナツメソウセキというひとだって。『吾輩《わがはい》は猫《ねこ》である』というネコの話を書いた作家だそうだが、G氏はまだ読んだことはない。

お金なんて、G氏にはかんけいないけど、そりゃ、ブチええ生活ってのは魅力《みりょく》ですよ。ま、今でも、新鮮《しんせん》な魚、たらふくいただいているけどね。

なにしろここは、ピチピチの魚が売るほどあるんだから。食べる心配のない生活がどんなにありがたいか、山の中で飢《う》え死にしかけたG氏には、痛《いた》いほどよくわかるのだ。

コッパ社長は、小屋のおくにG氏の寝床《ねどこ》とトイレを用意し、

「夜は、どろぼうの番をたのむど」といいおいて、島のじぶんの家にさっさと帰っていった。

第2のぼうけん
＝水泳訓練

いかだの一日は、カラスの目ざましではじまる。

いかだ小屋で最初に目がさめたとき、G氏（つまりおれ）は、あまりのそうぞうしさにとびあがった。

空が明るくなるのを待ちかねて、毎朝きまった時間にいかだの屋根にやってくるカラスたちを、コッパ社長は、カラスの目ざまし時計と呼《よ》んでいる。

小屋の屋根はトタンぶきだから、ガチャガチャあるきまわるカラスの足音のうるさいこと。その上、きたない声で鳴きわめく。頭から毛布《もうふ》を

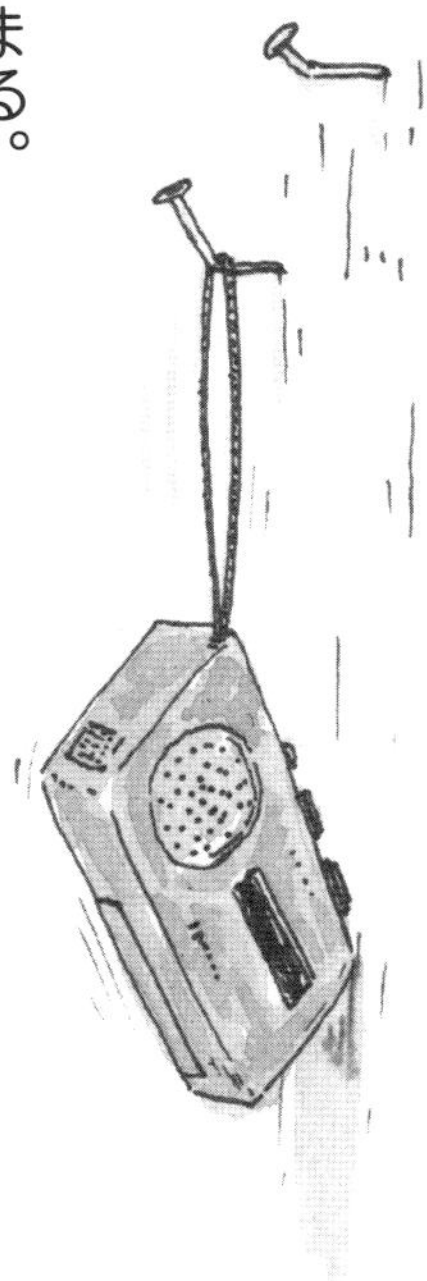

かぶっても、寝《ね》てなんかいられない。きっとそこらじゅう、カラスのフンでまっ白なのだ。

屋根に上がって、追っぱらってやりたいところだが、はしごがないので、くやしいけどのぼれない。どうやらやつらは、はやくじぶんたちの食べ物をよこせと、さいそくしているのだ。社長が毎日、カラスの餌《えさ》を用意するものだから。

そんなよけいなこと、してほしくないとG氏（つまりおれ）は思うのだが、社長がいうには、カラスがあつまると、養殖《ようしょく》の魚をねらうウミウやサギなどが、ちかづかなくなるのだそうだ。

陸のパン屋と同じように、海の養殖《ようしょく》の仕事も朝がはやい。

本州の山にお日さまが顔を出すまえに、コッパ社長は小舟《こぶね》でいかだに乗りつける。そして、にんげんに話しかけるように、「おはよう。夕べは何事もなかったかいのう」と、G氏に声をかける。

社長が最初にやるのは、六時十五分の天気予報《よほう》を、ラジオできくことだ。いかだ小屋には、古ぼけた小型《こがた》ラジオと電話が、一台ずつあるだけ。電話は、小屋の入り口にひもでつるしたケイタイ電話で、テレビのようなぜいたく品はおいていない。

天気予報《よほう》がおわると、今日の海水温度をはかり、日誌《にっし》をつける。水温が高すぎても低すぎても、魚はてきめん餌《えさ》の食いがわるくなる。毎日、毎日、気をぬくことができないのだ。

何日かたつと、G氏も社長を見習い、前足をいかだの水につけて、水温をしらべるようになった。このところ夏がちかづき、海水の温度が二十度を超《こ》えるので、社長も気がかりなのだ。

温度が上がると、赤潮《あかしお》にもなりやすいから。赤潮《あかしお》とは、海中のプランクトンが異常繁殖《いじょうはんしょく》して、海水が赤くにごる現象《げんしょう》だ。そうなると、魚がどんどん弱ってしまうので、漁師《りょうし》にとってはありがたくないのだ。

海水温に異常《いじょう》がないのをたしかめて、コッパ社長は魚に食べさせる餌《えさ》を調合する。今年はいった稚魚《ちぎょ》には練り物の餌《えさ》を、二年生と三年生には粒状《つぶじょう》の餌《えさ》を、ていねいにまいていく。食べきれないほど餌《えさ》をやると、底にたまって海をよごしてしまうから、まく餌《えさ》の量には神経《しんけい》をつかう。

そのときわすれずに、社長は、G氏の朝ごはんもつくってくれる。そしてついでに、屋根のカラスにも餌《えさ》をやるというのである。

コッパさんは気のいいひとだから、カラスがうるさくさわいでも、追っぱらったりしない。「にんげんも鳥も魚も、みんな地球の仲間じゃけん」と、いうのが、コッパさんの口ぐせだ。

正直なところ、それがG氏には気にいらない。あんなおぎょうぎのわるいカラスと、じょうひんなネコをいっしょにされちゃたまらない。当然でしょう。ネコは一日になんべんも顔をあらうが、カラスが顔をあらうなんて話は、きいたことがない。

コッパさんは、いつも島のカープパンという店から、じぶんのべんとうとして、コッペパンと牛乳《ぎゅうにゅう》を買ってくる。コッパさんという名前のせいで、コッパさんはコッペパンがすきなのだと、G氏は判断《はんだん》していた。

ところが、どうやらすきなのはコッペパンではなく、カープパンの女《じょ》性《せい》らしい。島のパン屋カープパンのミツコさんは、小学校から高校まで、コッパさんと同級生だったのだ。今では、店も二代目となり、ミツコさんが看板娘《かんばんむすめ》となって売り場をとりしきっている。コッパさんにとっては、ハツコイのひとというあいだがらだ。

朝の五時半、カープパンの店が開くと同時に、コッパさんはミツコさんの店に寄ってパンを買う。そのときついでに、カラスのぶんとしてパンの耳をもらってくるのだ。

なにもカラスにまでサービスしなくても、とG氏はいいたいけど、コッパさんにはコッパさんの考えがあるようだ。

「海のチヌ、山のカラスいうてのう、カラスは頭のええ生き物の代表なんじゃ。それにカラスは、いけすの魚にわるさはせん。じゃけん、カラスのやつをしこんで、空の警備《けいび》をやらせようと思うんじゃ」

海のチヌとはクロダイのこと。カラスも、ものおぼえのいい生き物だというのだ。クロダイもカラスも、G氏も知っている。ま、たしかに、ばかなサギよりはカラスのほうが、つかい道があるかもしれない。

ゴイサギやアオサギという鳥は、いけすのふちで立ち止まり、何時間でも魚が浮《う》いてくるのを待っているにくらしいやつだ。一羽《わ》や二羽《わ》ならまだしも、今年は入り江《え》の北側の岬《みさき》が、サギの団地《だんち》になっている。こんな鳥に、目と鼻の先で集団《しゅうだん》生活をはじめられては、社長も気がやすまらないのだ。

G氏としても、サギ仲間とは近所づきあいをご遠慮《えんりょ》ねがいたい。この

いかだにきた最初のころ、

――ああ、今日も、ぶじでよかった！

と、胸《むね》をなでおろしながら、Ｇ氏がわたり板の上で手足をのばし、お腹《なか》に夕日をあてているとき、ペチャッ！　と、おへそになにかがふってきた。あわてて舌《した》でなめとろうとすると、鳥のフン。ゲッゲッゲとばかにしたように、Ｇ氏の頭をかすめて飛んでいったのは、灰色《はいいろ》のゴイサギだった。

それ以来Ｇ氏は、なるべくサギたちにはちかづかないようにしているけれど、こう数がふえてはしまつがわるい。

コッパ社長は、カラスをつかってサギを追いだす作戦をねっているようだが、そのあまい考えが、あとでめんどうな事件《じけん》をひきおこそうとは、さすがのＧ氏も予想だにしなかった。

今、コッパ養魚天国には、六面のいけすに三千びきのタイの成魚と、三千五百ぴきのタイの稚魚《ちぎょ》がはいっている。沖側の四つのいけすは三年ものと二年もので、三年もののタイは、この秋までには出荷《しゅっか》する予定になっている。成魚のほうは朝夕二回の餌《えさ》やりでいいが、育ちざかりの稚《ち》魚《ぎょ》は、一日五回にわけて餌《えさ》をやらなければならないので、その手間がたいへんだ。

コッパ社長は、朝から晩《ばん》まで、餌《えさ》づくりと餌《えさ》やりに追われている。そのあいまにいけすの網《あみ》そうじをしたり、いかだの修理《しゅうり》をしたり、サギどもを追っぱらったりと、ゆっくり食事をするひまもない。

それでもコッパ社長は、牛乳《ぎゅうにゅう》パック片手《かたて》にコッペパンを食べながら、楽しそうにはたらいている。そうそう、小屋の前にラジオをおいて、音楽や野球の放送を聞きながら。とくにプロ野球の広島カープの試合があるときには、入り江《え》じゅうに音がひびくくらい大きくして、声援《せいえん》をおくっている。

そんなコッパ社長を見ていると、はやく養殖《ようしょく》の仕事になれて、すこしでも社長の手だすけをしたいとねがうG氏（つまりおれ）だった。

コッパ社長が、わたり板をふんで、いかだからいかだをかけまわり、魚をいかした網《あみ》の中に餌《えさ》をまきいれているあいだに、G氏はじぶんの朝ごはんをかきこむ。それから大いそぎで、社長のあとを追う。

コッパ養魚天国は、カニが爪《つめ》を広げたようなふたつの岬《みさき》にかこまれた、入り江《え》の中にある。さっきもいったように、北側の岬《みさき》はゴイサギ団地《だんち》となっており、南側の岬《みさき》にはカラスたちが陣《じん》どっている。

入り江《え》の外は瀬戸内海《せとないかい》にひらけ、船の通り道となっている。漁船や貨物船や連絡船《れんらくせん》が、朝から晩《ばん》までひっきりなしに行き来する海だ。

船が通ってひと息すると、船の波が入り江《え》に寄《よ》せてくる。船の形や速度によって、波の大きさはまちまちだ。ときには、いかだが悲鳴をあげるほど、はげしいゆれになることもある。

コッパ養魚天国にきてすぐのころ、G氏は大波がくると、からだがすくんで、わたり板のまん中で置き物のようにかたまっていた。わたり板というのは、ネコ二ひき通るのが、やっというはばしかない。

「こりゃいけん。板子《いたご》一枚《まい》、下は地獄《じごく》じゃけんのう」

おちておぼれてはたいへんと、コッパ社長はG氏といっしょに海にはいって、水泳の特訓をしてくれた。

はじめのころは、G氏のからだをひもでつるして浮《う》かばせたが、すぐにひもなしでもだいじょうぶになった。

おかげで今では、イヌにもまけないくらい水泳には自信がついた。水もこわくなくなり、大きな波がくると、わざわざわたり板をあるきにいく。波乗りをしているように、ゆかいなのだ。

やせていたからだはもとにもどり、腕《うで》にも足にも力がついてきた。

しょっちゅうわたり板で爪《つめ》とぎをするので、爪《つめ》もするどい。

そのうちG氏は、コッパさんが帰ったあとも、ひとりでいかだにそって泳ぎまわり、水泳の上達にはげんだ。世間では、ネコはぬれるのをいやがるといわれているが、その気になれば水泳くらいへっちゃらになれる。イヌかきだろうがカエル泳ぎだろうが、どんとこいだ。なにしろ、食事がじゅうぶんだから、運動をしないとふとりすぎるのだ。

朝の餌《えさ》やりがすむと、コッパ社長はまた小舟《こぶね》をあやつり、イワシ漁の手つだいにでかける。

手つだいといっても、漁船がイワシをとったあと、袋網《ふくろあみ》の底にのこった雑魚《ざこ》やごみを、もらいうけるのだ。売り物にならない小魚は、養殖《ようしょく》の餌《えさ》につかうためで、ごみは、もってかえってドラム缶《かん》でもやす。ごみをすてると、海がよごれるからね。

いかだの上での、雑魚《ざこ》とごみをよりわける仕事は、けっこう時間がかかる。そんなときG氏は、コッパ社長のとなりにすわり、小魚をとりのぞいてかごにいれる手つだいをする。たまには、じぶんの口にはこぶときもあるけれど。

今日は、よほど雑魚《ざこ》が多かったらしく、コッパ社長は三回も舟《ふね》を出して、いかだの仕事場を雑魚《ざこ》とごみでうめた。

よりわけた小魚はミンチにして、稚魚《ちぎょ》にやる練り物の餌《えさ》と、乾燥機《かんそうき》で成魚用の粒餌《つぶえ》につくられる。

「これだけでも、餌代《えさだい》がだいぶたすかるんじゃ」

と、コッパ社長は、たまった粒餌《つぶえ》を紙のふくろにつめながら、いかにも満足そうだ。

おかげで、小屋の中にはいりきれないほど、いっぱいの餌《えさ》ができた。

Ｇ氏が見ているかぎり、コッパ社長は十分と同じところにいない。今、稚魚《ちぎょ》に餌《えさ》をやっていたかと見ると、もうドラム缶《かん》でごみをもやしている。かと思えば、網《あみ》のつくろいをはじめ、電話のところにはしる。つねにいくつかの仕事をかけもちでやるので、コッパさんが何人もいるような気がする。

そんなちょっとしたあいまに、コッパさんはわたり板にしゃがんで、いけすの魚をのぞきこむ。餌《えさ》を食べおわった魚たちは、おぎょうぎよくならんで、いけすの網《あみ》にそいながら左まわりにゆっくりと泳いでいく。

「なんと、きれいじゃのう。あの一ぴき一ぴきが、わしにゃソウセキに見えるで」

と、社長は白い歯を見せる。

「三年間育ててきた魚が、ようやくゼニになるんじゃ。ソウセキさんとユキチさんで、ドラム缶《かん》をいっぱいにしちゃるんよ。ええか、だれにもとられんように、しっかり番をしてくれよ。たのむで」

と、コッパ社長はG氏にいう。ユキチさんというのも、一万円札の顔になっているフクザワユキチというひとで、社長はそちらもだいすきみたいだ。

梅雨《つゆ》が明けるのを待って、コッパ社長は、市場に出す予定のタイのいけすに、黒いおおいをかけてまわった。

「こうすると、タイの赤い色が、ホウセキみたいにきれいになるんじゃ」

社長は、そばで見ているG氏にそう説明した。これから夏にかけて、魚たちはますます食欲旺盛《しょくよくおうせい》となる。

コッパさんがようやくひと息つくのは、一日の仕事がおわって家に帰るまえのひとときだ。

ごみをもやすドラム缶《かん》を利用して、コッパさんは小さな風呂《ふろ》をつくっている。いわゆる、五右衛門風呂《ごえもんぶろ》の一種だ。一日の作業がおわって、ドラム缶《かん》の風呂《ふろ》にはいるときが、コッパさんのいちばんしあわせな時間なのだ。

「今日は、ようはたらいたけん、おまえもいっしょにやらんかい」

そういってコッパさんは、G氏をドラム缶《かん》の風呂《ふろ》にいれてくれた。

風呂《ふろ》などG氏はすきではないが、社長にさそわれてはしかたがない。

はじめは、からだがしずみそうでおちつけなかったが、コッパさんにささえられながらあたたまっているうちに、だんだん気分がよくなった。

コッパさんとG氏は、タオルを頭にのっけて、ドラム缶《かん》のふちにひじをつき、暮《く》れはじめる海をながめる。ピンク色の空がしだいにむらさきにかわり、本州の灯台《とうだい》がまたたきはじめる。

「のう。こがいなええとこで暮《く》らせるなんて、わしらはほんまラッキーじゃ」

と、コッパさんは、G氏の首すじをなでながらいう。

第3のぼうけん
＝黒いギャング

夕方、ひと風呂《ふろ》あびたコッパ社長が舟《ふね》で帰ると、コッパ養魚天国のまもりは、G氏（つまり、おれ）ひとりの肩《かた》にかかってくる。いちどくらい、島のコッパさんの家にもいってみたいと思うが、夜の仕事もたいせつなので、じっとがまんしている。

港にもどる漁船や、ねぐらに帰る鳥たちで、いっときにぎわう入り江《え》は、対岸の養鶏場《ようけいじょう》の餌《えさ》時間を最後に、しずまりかえる。

北の岬《みさき》の足下《あしもと》にあるとり屋では、海ぎわのせまい土地にほそながい小屋をならべ、なん百羽《ぱ》ものニワトリを押《お》しこめて、たまごをうませてい

る。夜もけっこうおそくまで小屋の電気をつけたまま、餌《えさ》を食べさせている。そうしたほうが、たまごをたくさんうむのだそうな。

帰るときにコッパ社長は、Ｇ氏が出はいりできるように、いかだ小屋の戸を、ひとにぎりほど開けておいてくれる。小屋の電灯も小さいのをひとつつけておく。Ｇ氏がさびしくないようにというつもりもあるけど、ほんとうの目的は、どろぼうよけだろう。どんなどろぼうでも、明るいのはきらいだからね。

ひとりになったＧ氏は、コッパさんがおいてくれた晩《ばん》ごはんを食べおわると、ベロリと舌《した》なめずりをして右手で顔をふき、ブルルっとからだをふるわせて立ちあがる。

あまりおそくならないうちに、夜の見まわりにでかけるのだ。

とくに今日のような月のない夜は、警戒《けいかい》がたいせつだ。海では、満月と闇夜《やみよ》のときには大潮《おおしお》となり、潮《しお》の満ち引きが大きくなるのだ。いちばん潮《しお》の引いたときをねらって、磯《いそ》づたいにどろぼうがしのびこまないともかぎらない。

Ｇ氏（つまりおれ）がもっともおそれているのは、野犬のむれだ。このあたりの島はずれには、ネコだけでなくイヌもすてられる。そんなすてられイヌがむれをつくり、夜になると餌《えさ》をあさって岸のあたりをうろつくのだ。むかいの養鶏場《ようけいじょう》などは、野犬を追っぱらうのに猟銃《りょうじゅう》まで用意しているという話だ。

ま、めったなことではいかだまで泳いではこないだろうが、闇《やみ》をとおして野犬の遠ぼえが聞こえると、おもわずからだがすくむＧ氏なのだ。

たまに、保健所のひとたちが、車に乗ってこのちかくまでやってくる。すてられイヌやすてられネコをさがしだして、新しい飼《か》い主にあずけるのだそうだ。幸か不幸かＧ氏は、そんな車には、乗らないですんだけど。

潮《しお》がよく引いた晩《ばん》は、イノシシの親子が砂浜《すなはま》にやってきて、砂《すな》あびをするときもある。ここの入り江《え》には、山の清水が流れこむので、アサリや岩ガキなどもよく育つ。イノシシたちは、貝ほりを楽しむついでに、浅瀬《あさせ》で泳いだりもするから、油断《ゆだん》ならない。

いつものように、今夜もG氏は、六つのいけすをひとまわりした。死んだ魚が浮《う》いていれば、手のとどくかぎり爪《つめ》でひっかけて、引き上げておく。わるい病気だと、ほかの魚にもうつる心配があるからね。

初夏の夕暮《ぐ》れの海は、明るいところと暗いところがきょくたんにちがう。夕やけ雲にてらされた水面はまぶしいほどだが、物かげにくると、はやくも夜光虫《やこうちゅう》がひかりはじめる。水中で魚が泳ぐと、ひかりのおびがうごく。海の中から魔物《まもの》の手がのびてきて、水の底へひきずりこまれそうな気さえするのだ。

そんなときには、さすがのG氏も、だれか仲間がいてくれたらと思ってしまう。だが、とうぶんは新しい社員を期待するのはむりだろう。ネコ一ぴきの口をやしなうのがやっとだと、社長もいっていたからね。

いかだの見まわりをおえたG氏は、陸側までもどって、ロープの点検《てんけん》をした。わたり板で爪《つめ》をとぎながら、岸のようすをぬかりなく見張《みは》る。ネコは、夜も目がよく見えるのだ。

コッパ社長ごじまんのネズミ返しは、ロープの中ほどでちゃんとにらみをきかしている。もしも乗りこえてくるやつがいれば、こちら側で待ちぶせして、ネコパンチで海にたたきおとしてやるからな。

ロープにそって岸辺の松のねもとまでたどったG氏の目が、はっと水面にむけられた。

ロープの下にちらちらしていた夜光虫が、急にひかりをつよめたのだ。いっしゅん、魚がジャンプしたかと思ったが、ようすがちがう。

ザワザワともつれあいながら、なにかがいかだにちかづいてくる。

「まさか！」

G氏の背中《せなか》の毛が、さかだった。黒いギャングだ！

磯《いそ》のにおいにまじって、ネズミくささが鼻をつく。まるで大きなマントのように、びっしりとかさなりあいながら、ネズミの大群が水の中を押《お》しよせてくる。

これだけのネズミが、どこにかくれていたのだろう。きっと、今日つくった餌《えさ》のにおいにひきよせられたのだ。

それにしても大潮《おおしお》の、いちばん潮《しお》の引いたときをねらってせめこんでくるとは、なんともずるがしこいやつらだ。

いかだの手前で、黒いマントは右と左にわれた。ふた手に別れてせめこんでくる作戦らしい。いかだのブイをよじのぼり、どんどんはいあがってくる。

はじめの四、五ひきは、前足でつきおとしたが、つぎつぎとおそってくるので、G氏ひとりではふせぎようがない。なまいきにも、キイキイわめきながら、腕《うで》にかみついてくるやつがいる。しまいにはうしろにまわり、G氏のしっぽをひっぱるやつまであらわれた。海におとそうとしているのだ。

これには、さすがのG氏もがまんできず、ついにいかだの小屋へにげだした。すきまから中にとびこみ、戸をしめようとあせったが、G氏の力では重たい戸はうごかない。しかたなく、すきまの手前に立ちはだかって、ネズミどもを小屋にいれないようにした。

そのあいだにもどろぼうネズミどもは、まるでどぶ川のように行列をつくり、いかだ小屋にせまってくる。まず、外に出ていた餌《えさ》のふくろを食いちぎり、小屋の中の餌《えさ》にもねらいをつける。

腹《はら》の下をくぐりぬけたり、頭の上を乗りこえたりするやつを、けと

ばし、つきとばし、ひっかき、かみついてやったが、あまりの敵《てき》の多さに、さすがのG氏もつかれきってしまった。ついに、いかだ小屋の中にさっとうするネズミどもをよけて、部屋のすみにちぢこまった。

くやしくて、くやしくて、からだがぶるぶるふるえた。仲間がいないのを、これほどざんねんに感じたのははじめてだった。

ネズミのギャングどもは、あばれたいだけあばれて粒餌《つぶえ》を食いちらかし、潮《しお》が引くようにいなくなった。

つぎの朝やってきたコッパ社長は、おちこんでいるG氏の前で、

「えらいはでにやられたのう。まあええわい。これからは、もっと戸じまりをげんじゅうにしてやろう。おまえなら、ネズミくらいけちらしてくれると思うたんじゃが……」

と、ちょっと不満そうだった。どんなにたくさんのネズミがおそってきたか、社長には想像《そうぞう》できないのだ。

G氏は、朝ごはんを食べる気にもなれなかった。

その日一日かけて、コッパ社長は小屋の戸口にも海側の窓《まど》にも板を打ちつけて、岸とつなぐロープにも、ネズミ返しを三つもとりつけた。

「よっしゃ。これならネズミどころか、フナムシ一ぴき中にはいられんど。わるいがこれからは、おまえも外で寝《ね》るようにしてくれや」

そういって、G氏の毛布《もうふ》とトイレを、いかだ小屋の軒下《のきした》に移《うつ》してしまった。

見れば、電話とラジオは、雨が降《ふ》ってもぬれないように、部屋の中にいれてもらっている。なんだか、いっぺんに位がさがったみたいで気おちしたが、だいじな餌《えさ》をまもるためには、しかたのないことだと、じぶんにいいきかせるG氏だった。

第4のぼうけん

＝夜のうなり声

むこう岸の養鶏場《ようけいじょう》が寝《ね》しずまると、いかだの夜はおそろしくしずかになる。

たまに魚のジャンプする音や、ゴイサギの鳴き声、沖を通る船のエンジン音と、そのあとにつづく波の音、ゆれるいかだのきしむ音。それいがいほとんど物音は聞こえない。

はじめて、小屋の外の軒下《のきした》で寝《ね》るG氏には、なんとも長い夜だ。

しずかなだけに、かえって耳がとぎすまされ、どんな小さな音にもはっと目がさめる。聞きなれた音ならどうってこともないが、えたいのしれない物音には、背中《せなか》の毛がさかだつ。夜の海には、なにがいるかわからないのだ。

満ち潮《しお》から引き潮《しお》にかわり、入り江《え》の水が沖へ沖へとうごきだしたのが、いかだのゆれでわかる。今日も、昨日につづく大潮《おおしお》だ。見まわりをおろそかにしてはいけない。

いっしゅん、毛布《もうふ》から立ち上がりかけたG氏の耳が、針金《はりがね》みたいにぴんととがった。

ぶきみなうなり声が、風に乗って流れてきたのだ。フギャーフギャーと聞こえたり、ギャオーギャオーと聞こえたり。

ネズミではない。にんげんの赤ん坊《ぼう》の泣き声か?

そんな気がしたが、海の魔物《まもの》のうなり声にも聞こえる。そのぶきみな声は、G氏のいるいかだにちかづいてくるようだ。

おもわずG氏は、からだをピタリとふせた。毛布《もうふ》から首だけ外に出し、ようすをさぐる。星明かりに目をこらすと、怪獣《かいじゅう》のような角ばった頭部が、海面をただよっているのが見えた。

いやいや、角ばった頭とかんちがいしたのは、大きな四角い箱みたいだった。

波もないのに、生き物のようにゆれうごいている。うなり声は、そのあたりからきているようだ。

潮《しお》の流れに乗って、ずんずんこちらにせまってくる。

ぶきみな声が、毛布《もうふ》の上をかけめぐる。にげだそうにも、こわくて足がうごかない。

くるな！　くるな！　くるな！

心の中で、さけぶ。

うなりながら、おどりながら、やってくる四角いダンボール箱。今にも、手がとどきそうだ。

あっと、息をのんだ。うなり声のしょうたいに、ようやく気づいたのだ。G氏と同じネコの声、それも子ネコの！

何びきもの鳴き声が、からみあい、もつれあい、箱の中であばれている。その声がダンボールに反響《はんきょう》して、おそろしげなうなり声となっているのだ。

たいへんだ！　すぐにも、たすけなければ！

入り江《え》の外に流れ出てしまえば、あの箱は沖の波にもまれて、たちまちしずんでしまうだろう。

山の中で、声も出なくなるほど泣きさけんだおぼえのあるG氏は、考えるひまもなく、海にとびこんでいた。日ごろ泳ぎの練習をしていたのが、こんなところで役に立とうとは。

ダンボールのむこう側にまわりこみ、前足を箱に食いこませると、後足を力づよくけりながら、いかだへ、いかだへと押《お》しすすむ。

まずじぶんが、ひと足先にいかだに上がり、箱に爪《つめ》をかけてふたをこじ開ける。

出てきたのは、子ネコが一ぴき、二ひき、三びき、四ひき！

首すじをくわえて、つぎつぎにいかだに引っぱりあげた。

四ひきの子ネコは安心したのか、わたり板の上できょろきょろあたりを見まわしている。どの子も、ようやく歯がはえそろったほどの赤ん坊《ぼう》だ。

「きみたち、すてられたのかい？　あぶないところだったな」

一か月まえのじぶんのつらさを思い出しながら、G氏は身ぶるいしてぬれた潮気《しおけ》をふきとばした。

ところが子ネコたちは、すてられたことをみとめたくないらしく、ありがとうもいわない。それどころか、

「ぼくたち、オニが島へいくんだ。ここはどこだ」

と、鼻の頭の黒いのが、口をとがらし文句《もんく》をいう。

「オニたいじにいくのよ。箱のお舟《ふね》で」

しましまもようが、つづけていう。ちびのくせに、けっこう気がつよそうだ。

「だから、箱にいれて、海にすてられたんだろう」

G氏がいい、力づくでからになったダンボール箱を、いかだに引き上げる。

「ちがうってば。浜にあった箱を舟《ふね》にして、海に出たんだ。ぼくはモモタ、モモタロウのモモタだよ。オニをやっつけにいくんだ。ここ、オニが島じゃないのかい？」

「オニが島、だって？」

「そうだよ。おじさんは、だれなの？」

「おじさんじゃないよ。お兄さんだよ」

「そうか。オニが島のオニさんか。ぼくはサルタ」

しっぽの長めなのが、わってはいる。

「ぼくは、イヌタ。食べ物くれないと、たいじしちゃうぞ、オニさん」

と、からだがいちばん大きいのがいう。

「わたしは、キジタ。おなかがすいた。おちちのみたい」

と、ちびのしましま。

それぞれ、かってに名のりながら、G氏のお腹《なか》にもぐりこむ。どうやらどこかで、オニたいじにいくモモタロウのお話をきかされたらしい。

そういえばこのちかくには、むかし鬼《おに》が引っぱってきたという、伝説の小島がある。ダンボール舟《ぶね》は、そこをめざして、海に浮《う》かんだのか。

けっきょくG氏は、この子ネコたちから、オニさんと呼《よ》ばれるようになってしまった。

「わかった、わかった。で、どの子がモモタだったかね」

Ｇ氏がきくと、鼻ぐろが前足をあげた。

「じゃ、きみがイヌタで、きみがサルタで、きみがキジタだな。これから、そう呼《よ》ぶことにしよう」

名前をおぼえてもらい、子ネコたちは大はしゃぎだ。

その晩《ばん》、四ひきの子ネコたちは、いかだ小屋の軒下《のきした》で、出るはずもないＧ氏のおちちにしゃぶりついてねむった。

おかげでＧ氏のあわれなおちちは、朝には赤くはれあがってしまった。

おちちが痛《いた》がゆく、なんだか母ネコになった気分だ。

けれども、そんなことを気にしているひまはなかった。コッパ社長がやってくるまでに、この子ネコたちをどこにかくすか、きめなければならない。

コッパ社長が、ネコ一ぴきの口をやしなうのがやっとだ、と、税務署《ぜいむしょ》のひとに話していたのを、Ｇ氏はおぼえている。

どろぼうネズミを追いはらえなかったうえに、四ひきもの子ネコをつれこんだとわかったら、いくらやさしい社長だって、いい顔はしないだろう。

「いいかい。昼間は、ぜったいにここから出てきちゃいけないよ。これからやってくるのは、オニよりもおそろしい社長なんだから。子ネコを見つけると、ドラム缶《かん》の風呂《ふろ》で丸ゆでにして、ポリポリかじってしまうんだ」

G氏は、引き上げたダンボール箱をつかって、いかだ小屋の床下《ゆかした》に子ネコたちのかくれ場所をつくりながら、口がすっぱくなるほどねんを押《お》した。

つぎの朝やってきたコッパ社長は、G氏を外にしめだしたことは、すっ

かりわすれたみたいに、

「よし、よし。これで、ネズミのやつも、とうぶんはだいじょうぶ。おまえも、夕べはゆっくりねむれたろうが」

と、かんぺきな戸じまりをよろこんでいた。

コッパ社長が、朝の餌《えさ》やりにまわったすきをねらって、G氏は小屋の床下《ゆかした》にはしりこみ、お腹《なか》をすかせた子ネコたちに、じぶんの食事を半分わけてやった。けれども、それだけでは、食べざかりの子ネコたちは満足してくれない。

「もっと、なにかないの？　新しい魚とか……」

と、キジタがいえば、

「ぼくたち、昨日もはらぺこだったよ」

と、サルタ。

「オニさんのおちち、ちっとも出なかったし」

と、イヌタ。

「ぼくは、ミルクでやわらかくしたパンが、いちばんすきだ」

と、モモタ。

みんな、床下《ゆかした》から出たくて、うずうずしているようすなのだ。

「ま、待て。待て！」

G氏はあわてて、子ネコたちを押《お》しもどした。今、コッパ社長に見つかっては、せっかくの苦労が水のあわだ。

「みんなそこにいて。すぐに、おいしいものをさがしてくる」

G氏はそういって、いかだのまわりをあるきはじめた。

どこかに、食べられそうな魚でもないかときょろきょろしていたら、わたり板のところに、白いビニールぶくろがおいてあった。

中には、コッパさんがカープパンからもらってきたパンの耳がはいっているはずだ。とりあえず、あれでもいただいてやろうと、ちかづきかけたとき、バサバサッと、耳もとで風をきる音がした。カラスだ！

よこどりされてたまるかとばかり、カラスは、パンくずのはいったふくろを足でひっつかむ。G氏もまけじと、ふくろにとびつき、上と下との引っぱりあいになった。たちまちカラスは、三羽《わ》、五羽《わ》とふえて、ガーガー鳴きたてながら、G氏を攻撃《こうげき》する。

「どした？」

さわぎを聞きつけて、コッパ社長がかけよってきたのは、綱引《つなひ》きにまけたG氏が、ビニールぶくろをはなしたときだった。

「カラスと餌《えさ》のとりあいか。なんで、パンくずなんかほしがるんじゃ。あれだけじゃ、ごはんがたらんいうんか」

社長は、G氏のお腹《なか》を見ながら、そういった。

それから、「待てよ……。ちょっときてみい」とつぶやくと、G氏のからだをひっくりかえし、お腹《なか》のあたりをしらべはじめた。

「おまえ、どしたんじゃ、このちちは？　子どもでもうまれよるんか？　わしゃ、オンタじゃと思うておまえをつれてきたんじゃが、メンタじゃったんかのう。子どもができたんなら、腹《はら》がへるのもわかるが」

コッパ社長は首をひねりながら、食べかけのコッペパンを、Ｇ氏にもわけてくれた。オンタというのは男のことで、メンタというのは女のことのようだ。

社長が、どこかに電話する声が聞こえたのは、それからしばらくたってからだった。

――うちのネコがのう、ちちがはれてきちょるんですが……。

――ほうじゃ。まるで、子どもでもできたみたいなんじゃ。

――オンタのはずじゃが、どうなっちょるんか？

――獣医《じゅうい》のあんたなら、わかるか思うて。

――ほう、オンタでもあるんですかい、ソウゾウニンシンとかいうんが……。

どうやら、知り合いの獣医《じゅうい》さんに、G氏のことをたずねているらしい。

ソウゾウニンシンというのが、じっさいには子どもができていないのに、想像《そうぞう》しただけで、そのような状態《じょうたい》があらわれることだと、G氏はあとでおしえられた。めずらしいケースだが、にんげんの男性《だんせい》にも、そういう例があるのだそうだ。

「ま、ソウゾウじゃいうんなら、そのうちおさまるじゃろう。これいじょう、口がふえるのは、こまるけんのう」

コッパ社長は、G氏のお腹《なか》をしらべながら、そういった。

でも、どうしよう？　こまるといわれても、もう四こも口がふえているのに。

その晩《ばん》G氏は、お腹《なか》をすかせた四この口に、出ないおちちをチュウチュウ吸《す》われて、カラスの目ざましがさわぎたてるまで、ずっとおきていた。

第5のぼうけん＝ゴイサギの襲撃《しゅうげき》

明くる朝やってきたコッパ社長は、赤くはれあがったG氏（つまりおれ）のちちをまっ先にしらべて、こういった。

「おまえ、かなり本格的《ほんかくてき》なソウゾウニンシンじゃのう。ソウゾウだけでも、腹《はら》はすくいうけん、ごはん多めにしてやろう」

誤解《ごかい》されるのはつらかったけど、おかげでよぶんに食事をもらえる利《り》点《てん》もあった。コッパ社長は、ひざに乗せたG氏のお腹《なか》をなでながら、じぶんはコッペパンと牛乳《ぎゅうにゅう》の朝食をとった。

こうしているあいだにも、お腹《なか》をすかせた子ネコたちがさわぎだしはしないかと、Ｇ氏は気が気ではない。はやくひざからおりなければと、もがいていると、運よく電話がなった。

——やあ、赤坂さん。わしも今、電話しようと思うちょったとこじゃが。

——そうよ。ますます赤うはれあがりよる、四つのちちが……。いつまでつづくもんですか、ソウゾウニンシンは？

かかってきたのは、れいの獣医《じゅうい》のようだ。

そのあいだに、いそいで床下《ゆかした》に朝ごはんをはこぼうとしたＧ氏のしっぽが、のみかけの社長の牛乳《ぎゅうにゅう》びんを、たおしてしまった。それを待ちかまえていたように、四ひきが床下《ゆかした》からとびだしてきた。

「はやく！　はやくして！　オニ社長がくるよ！」

Ｇ氏の声なんか聞こえないみたいに、小さな赤い舌《した》で、こぼれた牛乳《ぎゅうにゅう》をなめまくる。

「おいしいな。もっとないかな！」

「まいにち、のみたいね、ミルク！」

「オニさんのおちちは、だめだもんね！」

「おちちとパンを、いっしょに食べたい！」

G氏の心配はそっちのけで、いいたいことをいっている。

――なんです？　めったにない症状《しょうじょう》かも？

――研究材料？　写真とりたい？　学会に出す？　ほんまかい？

――ああ、目をはなさんようにしますよ。

――それじゃ、ちかいうち見にきてみてよ、赤坂さん。

むこうの電話はもうすぐ、おわりそうだ。

「はやくかくれろ！　オニよりこわい社長だぞ！」

電話がおわるのと、子ネコたちを床下《ゆかした》に追いかえすのが、同時だった。

からっぽでころがっている牛乳《ぎゅうにゅう》びんを見たコッパ社長は、とうぜん、
G氏がのんだと思ったようだ。

「のどもかわくんか。つらいもんじゃのう、ソウゾウニンシンは」

コッパ社長はそういって、G氏のわき腹《ばら》をもんでくれた。

ようやくコッパ社長が朝の仕事をおえて、イワシ網《あみ》の手つだいに出ていってくれた。待ちかねたG氏は、子ネコたちを呼《よ》んで、じぶんのごはんをわけてやろうとした。

「さあ、みんな、そろってるか？」

ところが、あつまってきたのは三びきだけ。どれも同じようだから、だれがだれだか、すぐにはわからない。

「いないのは、だれだ？　モモタか？」

「モモタは、ぼくだよ」

「サルタか？」

「サルタは、ここだよ」

「じゃ、イヌタ？」

「イヌタは、いるよ」

「それなら、キジタは、どこに？」


「キジタなら、あっちのほうにいったよ。じぶんで魚をとるって」

「いいかげんにしてよ！　あんまりめんどうかけないで。それでなくても、つらいソウゾウニンシンなのに！」

さすがのG氏も、泣きがはいった。

いかだのまわりを目でさがしたが、どこにもキジタの姿《すがた》はない。

「どこにかくれているのだ、キジタ。ごはんだよ、出ておいで」

むこうのいかだで、けたたましいさけび声が聞こえたのは、そのときだった。

グゲッ！　グゲッ！

アオサギだ。いそいでようすを見にいくと、二羽《わ》のアオサギがあっちとこっちから、いけすの魚を追いかけている。

アオサギが、あんなにこうふんするのは、めずらしい。きっと、大きな魚が弱って浮《う》いているにちがいない。

G氏がちかよっていくと、アオサギがねらっているのは、なんと、網《あみ》の中であっぷあっぷしている子ネコではないか！

アオサギどもは、餌《えさ》とでもまちがえているのか、ながい首をヘビのようにのばして、おぼれかけたキジタをくわえようとしている。

「ガオ！」

おもいきりおそろしい声でほえて、G氏はアオサギにとびかかっていった。

いや、そのつもりだったが、わたり板のとちゅうで、足がかかってに急ブレーキをかけた。

アオサギどもが、Ｇ氏にむきなおったのだ。これっぽっちも、Ｇ氏をおそれているようすはない。それどころか、新しい獲物《えもの》が見つかったとでもいうように、前とうしろから、金色の目をぎらつかせながら、Ｇ氏につめよる。かんぜんに、はさみうちだ。

おかげでキジタは、いけすの縄につかまり、ひと息ついている。アオサギの足が一歩一歩、Ｇ氏にせまる。その足の太いこと！　その爪《つめ》のするどいこと！

もう、海にとびこむしかにげ道はない。なんとか、サギどもの首のとどかないところまで、キジタをつれだすのだ。そうかくごしたとき、岬《みさき》をまわってくるエンジンの音が、Ｇ氏の耳に聞こえてきた。

コッパ社長の舟《ふね》だ！

勇気をとりもどしたＧ氏は、前足をおもいきりのばして、前からくるアオサギにおどりかかった。ところが、相手がひょいととびあがったものだから、G氏はいきおいあまっていけすの中へ。水しぶきが、キジタにかかる。

二羽《わ》のアオサギは、それで満足したみたいに、仲よくならんで北の岬《みさき》に帰っていく。

コッパ社長が、いかだにたどりついたのは、ようやくG氏が、キジタを背中《せなか》に乗せて、網《あみ》の外にはい上がろうとしているときだった。あとの三びきの子ネコたちも、ようすを見ようと、いけすのそばにあつまってきた。

「おい、おい。どこからきたんじゃ、おまえら？」

まず、わたり板の上の三びきにおどろいたコッパ社長は、網《あみ》の中でもがいているG氏と子ネコを見つけて、二度びっくり。いそいでタモ網《あみ》をさしだし、まとめてすくいあげた。

G氏と子ネコをかわりばんこに見やりながら、コッパ社長は、キジタのからだをさかさまにして水をはかせ、かわいたタオルでふいてやった。

そのそばでG氏は、身ぶるいして水をはじき、じぶんの舌《した》で毛並《けな》みをととのえた。

コッパ社長は、またまた知り合いの獣医《じゅうい》に電話をするはめになった。

——それがのう、生まれちょるんですよ、四ひき。ほうじゃ、四ひき！

——まちがいなくオンタよ。またのあいだに、しっかりオンタのしるしがついちょるけん。男ネコが、四ひきも子をうむじゃいうようなことが、あってええんか。

——世の中、どうなりよるんか……。え？　わしの頭が、どうかした？　うそじゃいうんなら、きてみんさいや、赤坂さん。

コッパ社長の電話の声を聞きながら、ほんとにこれからどうなるのか、気が気でないG氏だった。

第6のぼうけん ＝空飛ぶパン

コッパさんは、カープパンのミツコさんにも子ネコの話をしたらしく、つぎの朝から、もらってくるパンの耳がふえていた。中には、食パンのやわらかいところもある。子ネコたちは、牛乳《ぎゅうにゅう》でふやかしたパンくずを、うなりながら食べている。

外であそぶことをゆるされた子ネコたちは、思いつくかぎりのいたずらをして、Ｇ氏（つまりおれ）をはらはらさせた。

チョウチョウが飛んでくれば、とびついて海におちそうになる。カラスがとまれば、シャーシャーっと、つばきをはきかけにいく。コッパ社長が、おかずにしようと干《ほ》しておいたイカを引っくり返すは、つないであった小舟《こぶね》の綱《つな》をほどいてしまうは、軒先《のきさき》につるしてあるケイタイ電話をひっぱりおとすはで、そのたびに、いそがしくはたらいているコッパ社長の手をわずらわせた。

とくに、小型《こがた》ラジオをつつきまわし、とつぜん大声で鳴り出させたときには、三羽《ば》もきていたアオサギが、びっくりしていっせいにとびあがった。

「ばんざーい！　ぼくたち、サギを追っぱらったよ」

モモタはじまん顔で、ごみをもやしているコッパ社長にほうこくした。

コッパさんの知り合いの獣医《じゅうい》、赤坂さんが養魚場にあらわれたのは、それから三日たった昼すぎのことだった。赤坂さんは、半ズボンにポロ

シャツ姿《すがた》で、コッパ社長よりすこし上の年かっこうだ。背《せ》はコッパさんより頭ひとつ高く、かなりかっこいい。

「うちで生まれたものを、まさか海へすてるわけにもいかんですけん。もらい手が見つかるまでは、ここにおいちょくつもりじゃが」

コッパさんは、まだ四ひきの子ネコが、いかだで生まれたとしんじているらしく、そんなことを赤坂獣医《じゅうい》に話している。

「専門家《せんもんか》の目で見て、この子らはどうですかのう。みんな健康そうじゃが、ひきとり手が、ありそうですか?」

そうきかれた赤坂獣医《じゅうい》は、子ネコを一ぴき一ぴきだきあげてしらべながら、こういった。

「専門家《せんもんか》じゃいうても、わしゃ家畜《かちく》のウシやヤギのほうじゃけん。イヌやネコのことは、くわしゅうないんじゃが。それにしても、これはまちがいなくちゃんとした子ネコじゃ。母親ネコが、どこぞにおるんとちがうか？」

「そこじゃ。わしもそう考えて、いかだじゅうをさがしたんじゃが、あのオンタのほかには、それらしいもんはおらんのじゃ」

コッパ社長は、そういってＧ氏のほうを指さした。

「それにあれが、ちちも吸《す》わせよるし。こないだなんか、いけすにおちた子ネコを、じぶんでとびこんでたすけようとしよりました。ありゃ、いのちがけで子どもをまもる親の姿《すがた》じゃ。わしゃ、まっこと感動しましたで」

「そりゃ、ほんまのことかいのう。たしかに、あのオンタのちちは、はれちょるよのう。こりゃ、ニュースかもしれませんど。テレビに出せるかも。もうちょっとはっきりするまでは、だれにもいわんこっちゃ」

「カープパンのミツコさんにだけは、もう話したが」

「カープパンに、しゃべったか。ミツコさんに」

「ああ。ミツコさんは、ネコずきじゃいうけん。もちろん、オンタが子をうんだなんぞとは、いうちゃおらんが」

「そりゃそうじゃ。オンタが子をうんだなんぞいうたら、あんたの頭をうたがわれるで。とにかく、ミツコさんに口どめしちょけや」

オンタ、オンタというからなんのことかと思ったら、G氏（つまりおれ）をさしているらしい。男ネコが四ひきも子ネコをうんで、ちちまでやっていると早がてんして、赤坂獣医《じゅうい》はこうふんしているのだ。

「じゃが、ほんまにオンタが、子をうむなんぞいうことがあるんかのう」

コッパ社長がねんをおすと、赤坂獣医《じゅうい》はこうこたえた。

「魚なんかは、性転換《せいてんかん》も、べつにめずらしゅうないいうが……」

「セイテンカン？」

「ああ。オスがメスになったり、メスがオスになったりじゃ。ここのタイでも、おとなに育つまでにゃなんびきか性転換《せいてんかん》があるんど。見ただけじゃわからんが。じゃが、ネコの性転換《せいてんかん》いうのは、わしゃ、きいたことがない。できればそこのネコ、解剖《かいぼう》してしらべてみたいもんじゃ。もしかしたら、ノーベル賞《しょう》ものかもしれんで。にがさんように、気いつけんさいよ」

「そりゃ、だいじょうぶじゃ。なにしろいかだの上じゃけん、どこへもいきゃあせん」

コッパ社長も、しんけんなようすで赤坂さんにこたえている。

セイテンカンとかカイボウとかノーベル賞《しょう》とか、おそろしげなことばがとびだしてくる。たいへんなことになったと、G氏は思う。

コッパ社長も赤坂獣医《じゅうい》も、子ネコがきたわけを、頭から誤解《ごかい》しているのだ。だからといって、説明のしようもない。注目されるのはいやではないが、研究のために解剖《かいぼう》なんかされたら、たまったものじゃない。

G氏のそんな心配などおかまいなしに、いたずらざかりの子ネコたちは、いかだを運動場にしてあそんでいる。

おもいがけないお客が、コッパ養魚天国にあらわれたのは、つぎの日の朝十時だった。もともと時計ももたず、お天道《てんとう》さまといっしょに一日をおくっているコッパ社長は、時間など気にしないひとなのだ。いかだ小屋にある柱時計も、何日もとまったままになっている。目ざましも、カラスにまかせているほどだし。

それが、その朝にかぎってコッパ社長は、沖を通る連絡船《れんらくせん》に目をこらしては、「ありゃ、何時の船じゃったかいのう」と、そばのG氏にたずねる。

G氏だって、時間はすべて腹時計《はらどけい》で間に合わせているから、連絡船《れんらくせん》が時間通りにあらわれるというのも、ついさいきん知ったばかりだ。

「そうか。それなら、つぎの能美丸《のうみまる》が見えたら、十時ということか」

G氏のへんじも待たずに、コッパさんはそうつぶやいた。

そして、ようやく能美丸《のうみまる》が通りかかったとき、対岸の道に、自転車が一台やってきた。コッパさんはおおあわてで小舟《こぶね》にとび乗り、むこう岸にむかった。

もちろん、G氏も四ひきの子ネコたちも、コッパさんがもどってくるのを、いかだの上で背《せ》のびしながら待っていた。

小舟《こぶね》がつれてきたのは、コッペパン色のスカートに、お日さま色のブラウスを着た女のひとだった。からだは小さいほうで、目がくりくりしている。もしもネコだったら、美人ネコになりそうな女性《じょせい》だ。

ここしばらく、女のひとを見たことがなかったG氏は、なんだかまぶしくて、ついつい床下《ゆかした》にかくれたくらいだ。

でも、おそれを知らない四ひきの子ネコたちは、目をきらきらさせ、いっせいにそのひとのサンダルに、じゃれつきはじめた。

その女のひとが、パン屋のミツコさんだというのは、G氏にはすぐにわかった。毎朝コッパ社長がもらってくる、パンの耳のにおいがしたからね。

「いやー、どれもこれも、やんちゃもんで……」

サンダルから子ネコたちを引きはがしながら、コッパ社長はいった。

「どれもこれも、とてもかわいいわねえ。どの子をもらえばいいか、まよってしまうわ」

「いつもいっしょにもぐれおうちょるけん、わしもまだ、どれがどれかようわからんのんじゃ」

そんなことをいいながらコッパさんは、キジタの首すじをつまんでだきあげた。

「ま、しいていえば、このしましまのやつが、いちばん元気がええかのう。女の子らしいが、けっこう活発で」

「あらそう。いい顔してるわねえ。で、さっき床下《ゆかした》にかくれたのが、この子たちのお母さん？」

「あい。お母さんいうか、うちの社員ですわ」

口ごもりながらコッパ社長がいうと、ミツコさんはころころわらって、

「うわー、社員さんなの。それなら、ちゃんとごあいさつしなくっちゃね」

と、いかだ小屋の床下《ゆかした》をのぞきこんだ。

こうなっては、ますます出ていくわけにはいかないG氏である。

ミツコさんは、チェッチェッチェッと、舌《した》でネズミ鳴きをしながら、

「やあ、お母さんの社員さん。ちかぢか、子どもをひとり、ひきとらせてもらいますからね。おたくの子がうちの子になれば、もう親戚《しんせき》っていうことよね。どうぞ、よろしく」

と、声をかけてきた。なかなか感じのいいひとである。あのひととな

ら、親戚《しんせき》づきあいもわるくないが……。

出ていくべきかどうか、G氏がまよっていると、

「あれは、わしよりほかはにんげんを知らんけん、人見知りするんじゃろう。そのうちやってきますよ」

と、コッパさんがいった。社長もやはり、ミツコさんには、G氏のお腹《なか》を見せたくないのだろう。

「そう、そう。今日はおみやげに、お店のパンを、いくつかもってきましたからね。コッペパンやあんパンやジャムパンやメロンパンや、いろいろあるから、すきなようにわけてちょうだい」

ミツコさんは、コッパさんと子ネコたちの、どちらにともなくそういい、いかだの上にパンのふくろをずらりとならべた。おもわず、G氏のお腹《なか》がグウとなる。

「おおきに。うちのネコは、どういうわけかみんなパンがだいすき

で……」

コッパ社長は、うれしそうにおれいをいった。

「それはよかった。せっかくきたんだから、いけすのお魚も見せてもらいたいわ」

ミツコさんにうながされて、コッパ社長はいけすのほうに、お客さんを案内した。

G氏がやってきたときには、小指ほどだった稚魚《ちぎょ》も、今では子どもの手のひらくらいに大きくなっている。コッパ社長は、元気に育ったタイを、得意そうにミツコさんに見せてまわっていた。

そのあいだに子ネコたちは、ビニールぶくろにはいったパンのにおいを、かぎまわっている。

「いいな、いいな。パン屋にもらわれていくなんて。まいにち、腹《はら》いっぱいパンを食べられるんだ」

そういっているのは、モモタのようだ。

「やだやだ、パンばかりなんて。魚も食べたい」

キジタは、パン屋にいくのをしぶっている。みんなと別れるのが、うれしくないのだろう。

そのときとつぜん、いかだの上を黒いかげがはしった。

「あ、どろぼう！」

「かえせ、コッペパン！」

「かえせ、あんパン！」

「かえせ、ジャムパン！」

子ネコたちのさけびをきいて、G氏（つまりおれ）が床下《ゆかした》からとびだしたときには、三羽《ば》のカラスが、一つずつビニールぶくろをくわえて、南の岬《みさき》にとびさったあとだった。

「やれ、しもうた！　ミツコさんのおみやげのパン、カラスにごっそりもっていかれた」

いそいでもどってきたコッパ社長も、長ぐつをふみならしてくやしがった。よほどしゃくにさわったのか、コッパ社長は、

「カラスのやつ、ちいとこらしめてやらんと、気がすまん」

と、のこっていたビニールぶくろのパンをとりだし、中に丸い小石をひとつつめて、いかだの上にころがした。

「さあ、これももってけ、どろぼう！」

「まあ。そんなもので、カラスがだまされるかしら？　パンなら、すぐにまたとどけてあげるから、がっかりしないで」

ミツコさんは、コッパさんと子ネコたちのりょうほうに顔をむけながら、いかにもゆかいそうにわらっていた。

第7のぼうけん ＝消えたキジタ

カープパンのおみやげは、カラスたちにも、大ごちそうだったらしい。ミツコさんが帰ったあとで、石のはいったビニールぶくろを、カラスがとりにきたのだ。あぶなく海におちそうになりながら、必死でつかんで帰っていった。

「やった、やった！　カラスが、だまされた！」

子ネコたちは、とびあがってよろこんだ。

「ふくろを開けて石だとわかったら、カラスのやつ、どんな顔をするじゃろうか？　まさか、食べはせんじゃろうが……」

くっくっとひとりわらいをして、コッパ社長が稚魚《ちぎょ》に餌《えさ》をやりにいったあと、子ネコたちは南の岬《みさき》を見ながら、話しあった。

「いいな、石は。あんなとこまで飛んでいけて」

そういったのは、いつもはおとなしいイヌタだ。

「あの岬《みさき》には、なにがあるのかな？」

と、サルタがきく。

「あそこはカラスの森だから、カラスがいっぱいいるのさ」

モモタがこたえると、キジタがつけくわえた。

「カラスはなんでもあつめるから、ごみやら石やらでいっぱいよ」

「たからものも、いっぱいあるかな。モモタロウのオニが島みたいに。いってみたいな、あそこに」

イヌタはまだ、オニたいじにこだわっているようだ。

「そうよ。たからもの、いっぱいかも。イヌタは重たいから、わたしがかわりにいってあげるよ」

と、キジタものってくる。

「だめだめ。あんなところへいったって、カラスにつつかれるだけだ。それに、どうやっていくつもり？」

またさわぎをおこされてはたいへんと、G氏（つまりおれ）が、あわててとめにはいった。

「泳いでいけばいい」

と、モモタが胸《むね》をはる。

「ずいぶん、とおいよ。そんなに泳げるかい？」

「じゃ、社長の舟《ふね》でいく」

「そんなの、コッパ社長がゆるすものか」

「わかった！　空を飛んでいけばいいのよ！」

キジタがいい、前足を広げてとびはねる。

「どうやって？」

「だから、石と同じようによ。ふくろにはいって、カラスにはこばせる」

「とんでもない！　カラスだって、もう二どとだまされたりはしないよ。カラスはとてもりこうなんだよ」

そういって注意したが、そのときG氏は、子ネコたちが本気でそんなむちゃをするとは、予想もしなかった。

事件《じけん》がおきたのは、戸じまりをすませて、コッパ社長が帰っていったあとだった。


まだ明るい夕やけ空の下で、子ネコたちはビニールぶくろをまるめて、ボールけりをはじめていた。

北の岬《みさき》ごしに、かみなりにもにたたいこの音が聞こえてくる。お盆《ぼん》がちかくなったので、島のむこうでたいこの練習がはじまったようだ。

夕方のいかだの見まわりをしていたG氏は、急に胸《むな》さわぎがして、わたり板の上で立ちどまった。

むらさき色の雲が、血の色にかわっていく。

子ネコたちは、ボールあそびをやめて一列にならび、空から流れてくるたいこの音をきいている。北の岬《みさき》のカラスたちも、そろそろ眠《ねむ》りにつくようだ。

暗くなれば、カラスも外には出てこない。

このところ、どろぼうネズミの襲撃《しゅうげき》もない。

「なにも、あぶないことなんかないじゃないか……」

そうひとりごとをいいながら、G氏が、いかだ小屋に帰りかけたとき、

「やった、やった！　だいせいこう！」

いっせいにさけぶ、子ネコたちの声が聞こえた。

はっとしてそちらに目をやると、大きな灰色《はいいろ》の鳥が、北の空にむかっていくところだった。ゴイサキだ！

「すごい、すごい！　キジタが、空を飛んでるよ！」

子ネコたちが、わめいている。

しまった！　南の岬《みさき》のカラスばかり気にしていた。ゴイサギは、夜も平気で飛びまわるのだ。

「カープパンのふくろにかくれていたら、カラスじゃなく、ゴイサギがとっていったよ！」

かけもどったG氏に、子ネコたちはこうふんしてさけぶ。まるで、ロケットの打ち上げが成功したように、無邪気《むじゃき》によろこんでいる。

「ぼくとイヌタが、ふくろの口をしばったんだよ。キジタがおちないようにに」

モモタが、じまんする。

「ばか！　ゴイサギにつれていかれたらどうなるか、わかっているのか！」

G氏は、子ネコたちをどなりつけた。

「カラスじゃなかったけど、ゴイサギでもいいんじゃない」

サルタが、口をとがらしていう。

「ゴイサギは、生きた魚でも生きたカエルでも、丸のみにするんだぞ。生きた子ネコでも、パクリと食べてしまうんだ」

そういうG氏に、モモタがこたえた。

「だいじょうぶだよ。キジタは、いちばんつよいんだよ」

知らないというのは、ほんとうにおそろしい。キジタがいなくなったら、コッパ社長はミツコさんに、なんといわれるだろう。もう、パンをくれないかも。

ぜったいに、キジタをたすけださなければ。一分でも、いや一秒でもはやく、キジタをとりもどさなければ……。

でも、どうすればいい？　なにか方法があるはずだ。コッパ社長も、いっていたではないか。力のないものは、ちえをつかえって。

ちえをしぼれ！　ちえをしぼれ！

たいこの練習の音が、やけにせきたてる。

本州の山から、赤い月がのぼった。あの月がまん丸くなったら、島のお盆《ぼん》がはじまるのだ。ミツコさんは、お盆《ぼん》のころ、キジタをむかえにくるといっていたではないか。

そのころまで、キジタは、生きているだろうか……。

たいこの音のあいまに、ギャッギャッと鳥のなき声がまじる。北の岬《みさき》で、サギどもがさわいでいるのだ。ゴイサギは、夜もおきているから、キジタをどう料理するか、相談しあっているのかもしれない。

月が山をはなれ、海をてらしはじめた。

「ねえ、キジタ、だいじょうぶ？」

すこしは心配になったのか、イヌタがG氏（つまり、おれ）にたずねた。

「さあ？」

といったまま、G氏も返事ができず、じっとむこうの岬《みさき》をにらんでいる。

「ねえ、オニたいじにいこうよ」

こんどは、モモタがいう。

「オニたいじだって？」

「ほら、お舟《ふね》でいくんだよ。箱のお舟《ふね》で」

サルタも、のりだしてきた。

「箱のお舟《ふね》、ねえ」

まえに子ネコたちが乗ってきたダンボールは、あのままいかだ小屋の床下《ゆかした》でねむっている。

G氏は、海と岬《みさき》を見くらべた。波はしずかだが、北の岬《みさき》まではあまりにもとおい。紙の舟《ふね》では、たどりつくまでに水がはいって、しずんでしまうかもしれない。

潮《しお》の流れをたしかめると、浮《う》き草が、ゆっくり岸にむかってうごいている。満ち潮《しお》なのだ。

そうか。このまえ、子ネコたちが流されてきたのは引き潮《しお》のときだったが、今の潮《しお》なら流れに乗って、浜辺までいけそうだ。陸に上がり、とり小屋のうしろをはしれば、北の岬《みさき》にまわりこめる。キジタを、ゴイサギたちからひきはなしさえすれば、あとはなんとかなるはずだ。

朝まで待ってるひまはない。ネコだってゴイサギにまけず、夜でも目はきく。

「よし、舟《ふね》を出そう。岸までいって、うしろから森にまわりこみ、キジタをとりもどす」

G氏がけっしんすると、子ネコたちは、腕《うで》をつきあげてさけんだ。

「いいぞ！　オニたいじだ！　いこう、いこう！」

三びきが力を合わせて、床下《ゆかした》からダンボールの舟《ふね》を引っぱり出してきた。

「いや。いくのはおれひとりだけ。じゃないと、舟《ふね》がしずむかもしれない。なにしろ、紙の舟《ふね》だから」

Ｇ氏がいうと、子ネコたちは口ぐちに文句《もんく》をいいはじめた。

「いやだ。ぼくたちもいく！」

「でもね、ダンボールの舟《ふね》に、みんなは乗れないよ。みんな、大きくなっているんだもの」

「だって、ぼくたちの舟《ふね》だよ！　底に板をしいてあるから、あのときよりも丈夫《じょうぶ》になってるんだ」

見ると、どこからひろってきたのか、発泡《はっぽう》スチロールの板がたしかにしいてある。これなら、すこしくらいは、浮《う》きのかわりになるかもしれない。

「死んでも、いくからね！」

いいだしたらきかない、子ネコたちだ。

「そうだ！　社長のラジオがある。あれをつれていこうよ」

そういったのは、モモタだった。

「音楽を聞きながら、いくのかい？　こんどのは、あそびじゃないんだぞ。キジタのいのちが、かかっているんだ」

「ちがうよ。あのラジオで、ゴイサギを追っぱらうんだよ。ほら、まえにぼくがとつぜんラジオをならしたとき、あいつら、びっくりしてにげだしただろう」

「それは、いい考えだ。社長のラジオをもっていこう」

いうなりサルタは、いかだ小屋の戸口においてあった小型《こがた》ラジオを、ひもをくわえて引っぱってきた。

「待って。あれもつれていこうよ。こまったとき、たすけを呼《よ》べるから」

イヌタが、軒下《のきした》につるしてあるケイタイ電話を指さした。

「それはだめ。電話はぬれたら、声が出なくなるんだ」

G氏はそういい、三びきに手つだわせながら、からからにかわいたダンボールの箱を、いかだのふちまではこびだした。

第8のぼうけん　＝オニたいじ、しゅっぱーつ

ダンボール舟《ぶね》を海におろすと、かるがると水に浮《う》かんだ。

むこう岸に目をやりながら、しばらくG氏（つまりおれ）は、いかだのふちにしゃがんだまま、まよっていた。

コッパ社長のるすに、こんなことをしていいのだろうか。

でも、あぶないとはわかっているけど、キジタを、ゴイサギたちのおもちゃにさせてはならない。キジタが無事なら、きっと社長もゆるしてくれる。勇気をふりしぼって、あの子をたすけなければ……。

今夜は風もない。月も明るい。潮《しお》のうごきはゆるやかだ。

いざとなれば、このまえのように海にとびこみ、ダンボールを押《お》しながら泳げばいい。ただ、沖を大きな船が通らないことをいのるばかりだ。船の波がおそってくると、紙の舟《ふね》はもろいからね。

「こわいのなら、お兄さんはのこっていいよ。ぼくたちだけでやっつけるから」

モモタが、G氏の首輪に手をかけた。

「お兄さんは、こわがりだからね。パン屋のひとがきたときだって、ずっと床下《ゆかした》ににげこんでいたし」

イヌタも、追いうちをかけてくる。そんなことまでいわれては、やりとげるしかない。

「わかった。やってやるよ。みんな、手ごろなぼうをもって、舟《ふね》に乗りこめ。ぼうでこぎながら、いちばんちかい岸をめざそう」

「わかった。ぼうでもって、ゴイサギのオニをたたいちゃえ」

三びきの子ネコは、ドラム缶《かん》から手ごろなぼうきれをえらびだし、G氏のまわりにあつまった。

みんなで、そっと乗りこむ。ぐらりとゆれて、半分ほどしずんだが、これくらいならだいじょうぶだ。

「オニたいじ、しゅぱーつ！　ラジオをわすれるな！」

モモタがさけんで、ダンボールの舟《ふね》は、いかだをはなれた。背中《せなか》と背《せ》中《なか》が、くっつきあうほどきゅうくつな舟《ふね》だ。

盆《ぼん》おどりのたいこの練習は、もうやんでいる。運よく、沖を通る船もない。養鶏場《ようけいじょう》のとりたちも、電気を消してねむったようだ。

G氏と三びきは、呼吸《こきゅう》をあわせてぼうきれでこいだ。かいで水をかく音が聞こえるだけで、だれもしゃべらない。のどがかわくので、G氏はなんどもつばをのみこんだ。

どれくらい、時間がたっただろうか。

海面が、はっきりと暗くなった。月が雲にかくれたのかと思ったら、舟《ふね》が岬《みさき》のかげにはいったのだ。ぼうきれのオールに、夜光虫のひかりがまとわりつく。

目をあげると、北の岬《みさき》がまぢかにせまっている。サギどものフンのにおいが、こちらまでとどく。水面が、黒いかがみのようだ。

ふいにG氏は、胸《むね》のあたりが痛《いた》くなった。

浜辺をめざしてこいでいるはずなのに、岸がちかづかないのだ。

それどころか、ダンボールの舟《ふね》は、岬《みさき》をかすめて、入り江《え》の外へとむかっている。潮向きがかわったのだ。満ち潮から、引き潮になったのだ。

このままではダンボール舟《ぶね》は、しずかな入り江《え》をはなれて、瀬戸《せと》のうず潮《しお》にまきこまれてしまうだろう。

「作戦へんこう。このようすでは、岬《みさき》にあがるのはむずかしい。ひとまず、とり屋の下あたりに舟《ふね》をつけよう。沖へ流されないように、力いっぱいこぐんだぞ！」

G氏は、声をふりしぼって命令した。

けれども、G氏の心配はそっちのけで、子ネコたちは夜光虫とたわむれはじめた。

「見て、見て！　こうやってこぐと、ひかりのうずまきができるよ」

「うわあ、すごい！　ぼくらの舟《ふね》に、金色の輪っかがくっついた！」

「ぼうでたたいたら、水しぶきが花火になった！」

むちゅうでからだをのりだし、今にも海におちそうだ。

「おーい、キジタ。はやく、こっちへおいでよ！」

モモタが、大声を出す。

「こら、ふざけないで！　岬《みさき》のゴイサギに、気づかれてしまうぞ！」

真剣《しんけん》にキジタをたすけだす気なのは、G氏ひとりだけ。子ネコたちは、夜の舟《ふな》あそびを楽しみはじめている。

「ちょっと、しずかに！　今、どこかでネコの声がしなかった？」

G氏は、子ネコたちに小声できいた。ゴロゴロと、ネコがのどをならすような音がしたのだ。

「かみなりがなってんだ、遠くで」

と、サルタがいった。

「ちがう。タンカーだ！」

と、G氏。

ちかづいてくるタンカーのエンジン音だった。ゴロンゴロンとお腹《なか》にひびく音をふりまいて、巨大《きょだい》な船が入り江《え》の沖を通りすぎていく。

「気をつけろ！　もうすぐ、大きな波がやってくる。しっかりつかまって！」

G氏がどなる。からだをかたくして待っていると、紙の舟《ふね》はシーソーみたいにゆれはじめた。前にうしろに大きくかたむく。

「うごくな。じっとして！」

サルタが、すべってころんだ。

「きゃっ、ぬれてる。だれだ、おしっこしたの？」

「おしっこじゃない。水がはいってきた」

こんどは、イヌタの声。底にしいた発泡《はっぽう》スチロールから、じわじわ水がしみでている。

「まだ、だいじょうぶ！　とにかく、陸のほうに舟《ふね》をむけよう」

G氏は、みんなをおちつかせながら、腕《うで》がおれるほどぼうきれをこいだ。

けれども、ダンボール舟《ぶね》は、思いどおりにうごいてはくれない。

岬《みさき》の松が、頭の上にかぶさってくる。しだいに、舟足《ふなあし》が重くなる。

「たいへん！　ぬれてる、ラジオが！」

イヌタの声に、さすがのG氏もふるえあがった。

「なんだって。はやく、よこしな。そのラジオ！」

コッパ社長のだいじなラジオを、もちだしたのをわすれていた。

うけとったとたんに、にぎやかなわらい声があがった。まちがって、ラジオのスイッチがはいったのだ。あわてて音を消そうとしたら、はんたいに大きくなってしまった。入り江《え》じゅうに、わんわんひびく。

「やめてよ！　サギたちが、びっくりするよ」

サルタがそういったとき、浜のほうでさわぎがあがった。サギではなく、イヌのほえ声だ。野犬のむれが、こちらに気づいたのだ。

イヌどもが、砂《すな》をけたてて、養鶏場《ようけいじょう》のほうにまわってくる。

「やばい！　のら犬までやってきた！」

G氏が、舌《した》をならしたとたん、ニワトリが目をさましてさわぎたてた。

とり小屋のあかりが、いっせいにつき、

「だれだ！　たまごどろぼうか！」

とり屋の主人のどなり声。つづいて銃声《じゅうせい》が、岬《みさき》の空にはれつした。

おどしのための空砲《くうほう》だが、南北の岬《みさき》に反響《はんきょう》して、すさまじい音が、入り江《え》じゅうをかけめぐる。

ギャッ、ギャッと、サギどもがなきわめく。

また銃声《じゅうせい》がなりひびく。寝《ね》ていたカラスまでが、さわぎだした。

ゴイサギのむれが、夜の空にまいあがる。

しずかだった入り江《え》は、あっというまに戦場のようになった。

G氏（つまりおれ）は、おのれの計算ちがいを後悔《こうかい》した。

もう、キジタをたすけるどころではない。三びきの子ネコはおろか、じぶんのいのちすらあぶないのだ。

「作戦へんこう！　全速力で、いかだに退却《たいきゃく》だ！」

「また、へんこうか？　そのまえにしずんでしまうよ、この舟《ふね》……」

「だから、すばやくこいで……」

いってるまにも、じわじわと足元から水があがってくる。だいじなラジオもびしょぬれだ。もう、音も出ない。

とり屋の主人が、サーチライトで海をてらしはじめた。銃声《じゅうせい》におどろいていったん空にまいあがったゴイサギどもが、水ぎわにおりてきた。水に浮《う》かんだ白っぽいものをめがけて、かわるがわるとびかかる。

「なに、あれ？　死んだ魚？」

「いや。なんか、ふくろみたい」

子ネコたちがささやきあっていると、ビニールぶくろが「ミャー」とないた。

「あ、あれ、キジタじゃないか！」

「キジタ、海におちてる！」

「ゴイサギが、すてたんだ！」

「たいへんだ。キジタ、おぼれかけてる！」

「たすけなくっちゃ！」

「はやく！　たすけにいって！」

子ネコたちは、舟《ふね》をこぐのをやめて、G氏にせまる。

――でも、どうやって？

もうG氏も、こうなっては祈《いの》るしかない。といっても、親も神さまも知らないG氏には、たよれるひとはただひとり。

――たすけて！　コッパさん！

こころの中で、せいいっぱいさけんだ。すると、どこかからか聞こえてきたのだ。あのコッパ社長の舟《ふね》の、エンジンのひびきが……。

最初は、そら耳かと思った。が、しだいにちかづいてきて、入り江《え》に反響《はんきょう》するまでになった。そして、懐中電灯《かいちゅうでんとう》の丸いあかりが、岬《みさき》のせんたんをまわってきた。

夢《ゆめ》ではない！　ほんとうに、コッパ社長の舟《ふね》だ！

コッパ社長の懐中電灯《かいちゅうでんとう》と、とり屋のサーチライトが、キジタのふくろのまわりでからみあう。

「なにごとかいのお、とり屋のおっちゃん！　鉄砲《てっぽう》をうったんか」

さけんでいるのは、まちがいなくコッパ社長だ。

「だれじゃー、そこにおるのは」

とり屋の主人が、どなりかえす。

「わしじゃー。コッパです。ちょっと、いけすのようすを見にきたんじゃ」

「ほうかい、わかった。のら犬がうろちょろしよったけん、追いはろうたまでじゃ。はあ、問題なかろう」

こういって、とり屋のサーチライトが消えた。そのあとに聞こえてきたのは、おもいがけない女性《じょせい》の声だった。

「なに、あれ。あそこに浮《う》かんでいるの？」

「ダンボールじゃろう。それより、あそこでゴイどもがさわぎよるんは？」

これは、コッパ社長の声。ビニールぶくろに注意がはしり、Ｇ氏の舟《ふね》がしずみかけているのには、気づいていないようだ。丸いひかりが、水面をよこぎり、白いふくろにあたる。

「死んでる魚？」

女性《じょせい》の声が、子ネコたちと同じことをきく。

「いや、生きちょる。バチャバチャしよる」

コッパさんの声が、大きくなった。

ダンボールの舟《ふね》は、首まで水にしずんでいる。

「たすけて！　たすけて！　たすけて！」

子ネコたちが、いっせいにわめきだした。

泳ぎだそうとするサルタのしっぽを、Ｇ氏が必死でつかまえる。

コッパさんのライトが、ようやくダンボールにむけられ、エンジン音がちかづいてきた。

「キジタを、たすけて！　ふくろの中の！」

声をふりしぼって、G氏がさけぶ。

やっと、コッパさんが、G氏たちに気づいてくれた。

ダンボールごと、三びきの子ネコとG氏を舟《ふね》にひきあげたコッパさんは、すぐさまゴイサギの中にわってはいり、今にもおぼれそうなキジタをたすけた。

「なんじゃ、こりゃあ。うちの子じゃないか！」

コッパさんのさけび声に、キジタが、

「ミイー」

とこたえた。

キジタは、ビニールぶくろにくるまっていたので、ゴイサギのこうげきを、なんとかまぬがれたようだ。ビニールは、浮《う》きぶくろにもなっていたし。

ふくろをキジタの首からはずしてやりながら、コッパさんといっしょにきていた女のひとは、

「まあ、うちのふくろを水着にするなんて、やはりこの子が、カープパンの子だわね。また海におちるといけないから、今夜のうちにつれてかえっちゃおうよ」

といった。

G氏が予想したとおり、女のひとはカープパンのミツコさんだった。

「夜の子ネコを、見にいきたいといってくれて、よかった。虫の知らせとは、このことじゃ。こがいなことになりよるとは、わしゃあ、思いもせんかった。ほんま、ラッキーじゃった。ラッキーなやつらじゃのう、おまえら」

コッパさんはそういって、子ネコたちの顔に、つぎつぎライトをあてた。

「まあ。ブルブルふるえてる。はやく帰って、お医者さんにみてもらわなくちゃ」

キジタを胸《むね》にだきながら、ミツコさんがいった。

G氏と三びきの子ネコを、いかだにおくりとどけると、コッパさんは、ミツコさんとキジタをつれて、トンボがえりでいなくなった。

第9のぼうけん
=お盆《ぼん》の夜釣《よづ》り

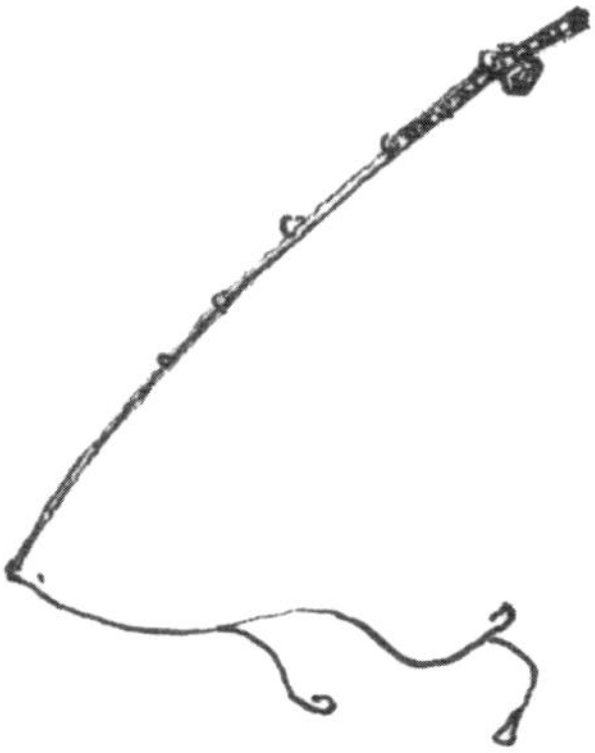

つぎの朝、いかだにあらわれたコッパ社長は、さっそく獣医《じゅうい》の赤坂さんに電話をいれていた。

——あ、そうですか。水も、ほとんどのんじゃおらん。たいしたことはなかった。

——それにしても、えらいネコですで、うちのは。ダンボール箱に乗って、おぼれかけた子ネコをたすけようとしよったんじゃが。

——ほんまも、ほんま。たまたまわしが舟《ふね》で通りかかったときにゃ、ちょうど子ネコをたすけるとこじゃった。勇敢《ゆうかん》にも、ゴイサギがあつまりよるまん中へ、つっこんで。

——ほうじゃ、ゴイを追っぱろうて。ちかごろのにんげんより、よっぽどりっぱなネコじゃ。教科書に、のせたいくらいよ。

聞いているG氏（つまりおれ）のからだがむずむずするほど、コッパ社長は、昨夜のできごとを、大げさにじまんしていた。

小型《こがた》ラジオがぬれて、ならなくなったことにも、コッパさんは気がつかないようすだった。というのも、お盆《ぼん》がちかづいて、急にいそがしくなったせいだ。島のひとのあいだでも、お盆用《ぼんよう》のタイを、コッパ養魚天国にたのみにくるところが、ふえてきたようだ。

大きく育ったタイが日焼けしないように、コッパ社長は、沖側の三年物のタイのいけすに、黒いおおいをかけた。こうすれば、タイの赤い色にみがきがかかり、いい値段《ねだん》で売れるという。

昼すぎに、税務署員《ぜいむしょいん》の金村さんがやってきた。

「あのネコですかいの、たいしたネコは？」

さっそく、Ｇ氏（つまりおれ）を目でさがしながら、金村さんがいう。

昨夜の大ぼうけんが、もう島じゅうのニュースになっているらしい。ミツコさんがしゃべったのか、それとも、獣医《じゅうい》の赤坂さんが広めたのか。

「ほうよ。ゴイサギにやられよった子を、ダンボールで海につっこんでいって、たすけたのよ。イヌよりゃ、よっぽど上等のネコじゃろう」

そうこたえて、コッパさんは胸《むね》をはる。まえに、「番ケンとはいうても、番ネコとはいわん」と、税務署員《ぜいむしょいん》にいわれたのを、おぼえているのだ。

「そりゃ、まあ、えらいもんですな。魚のほうも、大きゅうなって。これからは、ええ値《ね》が出るじゃろう。盆《ぼん》も祭りもありますけん。しっかりもうけんさいよ」

金村さんは、育った魚を見てまわりながら、税務署《ぜいむしょ》らしいことをいう。

「じゃが、いけすどろぼうに、気いつけんと。この時期には、ねらわれやすいけんなあ」

「そりゃ、だいじょうぶです。なにしろ、天下の番ネコがおりますけん」

コッパ社長は胸《むね》をたたいて、金村さんにいった。

それを聞いてうれしいけれど、ますます責任《せきにん》を感じるG氏だった。

養魚の出荷《しゅっか》が目前なのに、コッパ社長は、高校のクラス会の世話役をひきうけてしまった。お盆《ぼん》には、島を出ていった同級生たちが、おおぜい帰ってくる。そこで、卒業以来はじめての、クラス会をやることになったのだ。コッパ社長は、仕事のあいまをねらっては、あちこちに電話していた。

——おうおう。チーニーちゃんも、ハジメくんも、もどるいいよるけん、あんたも出てくれや。

——お盆《ぼん》の最初の日の昼じゃ。うちのタイの刺身《さしみ》も出しちゃるけん。

——女子もくるけん。カープパンにも、きてもらうけん。

――夜は夜で、盆《ぼん》おどりの仮装《かそう》大会よ。わしゃ、島ひき鬼《おに》の仮装《かそう》で出ちゃるけん。島のかわりに、うしろにねこ車を引っぱってのう。けん、けん、けんと、キジの鳴き声みたいなコッパさんのヒロシマ弁《べん》が、いかだの上をとびはねる。ねこ車というのがどんなものか、G氏はちょっと気になった。どうやら、小型《こがた》の手押《てお》し車らしいけど。

一日、一日、月が丸くなり、ついにお盆《ぼん》の夜がやってきた。

島のお盆《ぼん》は、八月の満月をはさんで、三日のあいだつづく。コッパ社長は、初日の朝からはりきっていたが、ネコにとってお盆《ぼん》は、それほど楽しいものではない。

お盆《ぼん》の日は、海の仕事もやすみになるので、沖を通る船もめっきりすくなくなる。もちろん漁師《りょうし》のひとも、お盆《ぼん》には魚とりはしない。亡《な》くなったひとを迎《むか》える行事だから、この三日間は、殺生《せっしょう》をひかえるのだ。

「じゃ、あとをたのむで。これから、クラス会じゃけん」

お盆《ぼん》初日の朝、コッパ社長は魚に多めに餌《えさ》をやると、刺身《さしみ》のタイを小《こ》舟《ぶね》に積みこみ、早ばやと引き上げていった。いかだの仕事に明け暮《く》れているコッパさんは、ひさしぶりに友だちと会うのが、よほどうれしいらしい。G氏のほうは、夕方までは、やけにしずかな一日だった。キジタがいなくなって、三びきの子ネコたちも、たいくつそうにあくびばかりしている。日がしずみ、入り江《え》に、たいこの音がとどきはじめた。

たいこのひびきはしだいに大きくなり、風に乗って、盆《ぼん》おどりのうた声もとどきはじめた。

はーよー　はーとせー　はーよー　はーとせー
はやしのかけ声まで、聞こえてくる。まん丸な月が、かがみのような入り江《え》にうつっている。

「ちぇっ、つまんない。ぼくたちも、盆《ぼん》おどり見にいきたい」

モモタが舌《した》をならすと、サルタもほっぺたをふくらませた。

「コッパさん、仮装《かそう》大会に出るっていってたよ。なににばけるのかなあ」

「オニだよ。島ひきオニの仮装《かそう》だって。島のかわりに、ねこ車を引っぱって」

と、イヌタがいえば、

「ねこ車って？」

と、サルタが聞きかえす。

「土なんかはこぶ手押《てお》し車らしいよ、一輪車の。きっと、ネコみたいに身がるなんだよ」

と、G氏が、聞きかじった知識《ちしき》をおしえる。

「盆《ぼん》おどり、キジタはいくのかなあ、カープパンと。もしかして、オニのねこ車に乗せてもらうかも」

と、モモタ。G氏（つまりおれ）だって見にいきたいと思うけど、いかだをるすにするわけにはいかない。

「よし。おれたちもやろうよ、盆《ぼん》おどり！」

G氏の口から、そんなことばがとびだした。

「え、やるって？」

三びきが、声をそろえて聞いてくる。

「だからさ、いかだでやるんだよ、盆《ぼん》おどりを。たいこの音も聞こえるし」

「そっか、いいね。やろう、いかだの盆《ぼん》おどり！」

「どうせなら、仮装《かそう》大会をやろう！」

子ネコたちは、なににでものってくる。

「ぼくは、コッパさんみたいに、オニが島のオニになる」

と、モモタがいえば、ぼくはタコニュウドウ、ぼくはねこ車と、イヌタとサルタがつづけた。

G氏は、いかだ小屋の床下《ゆかした》にすてられている網《あみ》の切れはしや空き箱や板切れをひろいあつめ、子ネコたちをそれらしく変装《へんそう》させてやった。じぶんも、いけすの日よけにつかった黒まくののこりを腰《こし》にまきつけ、オニのからだのつもりになった。

明るい月の下で、G氏と三びきの子ネコは、たいこの音にあわせてすきかってに手足をうごかした。G氏を先頭に、一列にならんで、わたり板をおどりながらすすむ。

「いいかい。足をふみはずさないように、気をつけるんだよ」

G氏が、子どもたちに注意する。といっても、ネコは身がるだから、それほどあぶなくはない。だんだん調子が出てきて、「はーよー　はーとせー」のかけ声もそろってくる。いちばん沖のいかだまできて、また岸にむかっておりかえす。

小波《さざなみ》が月をゆらし、水面でも、ひかりの子どもたちがおどっている。

G氏がそちらに目をやると、月のひかりをけちらして、黒いかげがすすんでくるのが見えた。音もなく、ヘビのようにすべってくる。

「しーっ！」

舟《ふね》だ！　エンジンをとめ、手こぎでひたひたとちかづいてくる。

盆《ぼん》おどりの足が、とまった。

「だれ、あれ？　コッパさん？」

「わからん」

「なにしにきたの？」

「わからん」

子ネコにこたえながら、G氏ははげしい不安におそわれた。

ひとの話し声もしない。まるで幽霊船《ゆうれいせん》のようにひっそりと、いちばん沖のいかだによこづけした。ふたりの男が舟《ふね》から立ちあがり、いかだに乗りうつった。やはり、コッパさんではない。タイのいけすの黒いまくをはがし、釣竿《つりざお》をのばして中にさしいれる。

——お盆《ぼん》の夜に、魚を釣《つ》りにくるなんて、へんだな。

G氏が首をひねっていると、とつぜん、バシャバシャと水しぶきが聞こえ、男たちのわらい声があがった。

「ほら、もう釣《つ》れたで。りっぱなタイじゃ」

「おお。養魚場の魚は、かんたんに釣《つ》れるで、つまらんのう」

「じゃが、ようふとってうまそうじゃ。ええ小づかいになろうて、こりゃ。じゃんじゃん、やろう」

魚どろぼうだ！　税務署《ぜいむしょ》の金村さんが注意したとおりだ。

なんて、ずるいやつらだ。社長がいっしょうけんめい育てたタイを、お盆《ぼん》のるすをねらってぬすみにきたのだ。カラスよりもネズミよりもゴイサギよりも、手ごわい相手だ。

どうしてくれよう？　Ｇ氏（つまりおれ）が、必死でちえをしぼっていると、そばにいたモモタが、耳のそばでいった。

「追っぱらっちゃえ、はやく！」

「どうやって？」

「大きなオニさんになって、おどかすんだよ」

「そう、そう。モモタを肩《かた》ぐるましたら、大きなオニさんになるよ」

と、イヌタがつづける。

そのあいだにも、魚どろぼうは、「いれぐいだ！　いれぐいだ！」と、うかれながら、つぎつぎと釣《つ》りあげては、じぶんたちのバケツに投げこんでいる。

「はやく、はやく。みんなとられちゃうよ」

子ネコたちが、Ｇ氏をせかす。

「よし、じゃ、ぼくの背中《せなか》に乗って！」

G氏がいうと、待ってましたとばかり、モモタとイヌタがとびのった。黒いマントをまいたG氏の背中《せなか》に、オニのモモタと、タコニュウドウのイヌタ。そのうしろから、ねこ車になったサルタがつづく。モモタが、イヌタの背中《せなか》で立ちあがると、みんなで大きなオニになり、わたり板のむこうから、そろりそろりと魚どろぼうにちかづいていく。

三びきを引きつれて、息ぐるしくなったG氏ののどから、おもわずうめき声がもれる。

「なんじゃ、あれは？」

最初に気づいた男が、となりの男にいった。片手《かたて》をすかして、こちらを見ている。

「ゴイサギか？」

「いや、もっと大きい」

「ひとか？」

「ちがう。足が見えん」

「足がないなら、ゆうれいか」

いけすをおおった黒いまくと、G氏のマントが同じ色なので、どろぼうたちには、G氏の姿《すがた》が見えないようだ。背中《せなか》に月光をあびて、モモタのオニが大きく背《せ》のびをする。

「なーんか、スカートをはいちょる」

タコニュウドウの八本の足が、スカートに見えるらしい。

「あれ、女か」

「いや。つのがはえちょる。オニみたい」

「おどかすなや。お盆《ぼん》に釣《つ》りなど殺生《せっしょう》をしよるとたたりがあるいうで」

「ほんまか、それ」

「ああ。子どものころ、おばあさんがいいよった」

「気味がわるいのう」

「ほら、また、ちかづいてきよる」

そこまで聞いたところで、Ｇ氏はわらいだしそうになった。なんとも、おくびょうなやつらだ。わらいをおさえた声が、「ウフ、ウフフッ」と、低いうなり声にかわる。つづけて子ネコたちが、いちばんたかい声で、

「ウギャオ！　オニだぞー！」

と、わめきたてた。

「でで っ、出た！」

どろぼうふたりが、しゃがんだまままとびあがった。釣《つ》った魚をいれたバケツが、いけすにころがりおちる音がした。

よほどおどろいたのだろう。ふたり組は釣竿《つりざお》をほうりだしたまま、ボートのエンジンにとびつき、フルスピードで入り江《え》からにげだした。

第10のぼうけん

＝はじめての魚市場

お盆《ぼん》の初日があけて、まだお酒のにおいがのこっているコッパ社長が、いつもよりおくれて、いかだにもどってきた。

いけすにすてられた釣竿《つりざお》とバケツを見つけたコッパ社長は、首のうしろをこぶしでたたきながら、しばらく考えていた。

「だれか、うちの魚を釣《つ》りにきたもんが、おるんかいのう？」

コッパさんは、Ｇ氏（つまりおれ）に顔をちかづけて、ひとりごとをいった。

「沖のいけすの餌《えさ》の食いが、どうもわるいようじゃ。おびえるようなことでもあったんか」

昨夜、Ｇ氏とモモタロウ三兄弟が、魚どろぼうを追っぱらったとは、社長はまったく気づいていない。

「それにしても、なかなかええ竿《さお》じゃが、なしてすてていったんか。警《けい》察《さつ》にとどけるほどのものでもないが」

そうつぶやきながら、どろぼうの釣竿《つりざお》をひねりまわしているところへ、電話のベルがひびいた。

コッパさんは相手がわかっているようすで、ていねいに釣《つ》り糸をまきとり、釣竿《つりざお》をかついで、電話の場所まであるいていった。

――おう。人生はじめての二日酔《よ》いじゃ。ま、海の空気を吸《す》やあ、すぐなおるじゃろう。そっちは、どうじゃ？

どうやら、昨日のクラス会の同級生らしい。

――子ネコか。はあ、売りきれじゃ。昨日のうちに、ぜーんぶ行き先がきまったけん。

子ネコときいて、G氏の耳がぴんととがる。

――奇跡《きせき》のネコじゃけん。だれでもほしがるわけよ。

――ほうよ。カープパンが一ぴきもろうてくれたいうたら、わしも、わしもと男子ばっかりがたのみにきてのう、あっというまに売りきれた。

――ちいとでも、ミツコさんとおちかづきになりたいんよ。おうおう。

競争はきびしいど。みんな、カープ党《とう》じゃけん。

これくらいの電話なら、G氏にも内容《ないよう》がわかる。

相手は同級生のだれかで、こちらの子ネコを、一ぴきゆずりうけたいといってきた。けれども、いかだの子ネコは昨日のクラス会で、もらわれ先がきまってしまった。

というのも、カープパンのミツコさんがキジタをひきとるというのをきいて、クラスの男子がこぞって名乗りでたのだ。みんな、ミツコさんのファンなので、せめてネコだけでも、ミツコさんと親戚《しんせき》になりたがってるというわけ。

子ネコの行き先がきまったときいて、ほっとしたような、さびしいような気持ちになるG氏（つまりおれ）だった。モモタロウ三兄弟もばらばらになれば、もらわれ先で、どんな名前になるのだろうか。やさしい子どものいる家なら、いいけどね。

お盆《ぼん》がおわってひと息ついたころ、コッパ養魚天国の出荷《しゅっか》の日がやってきた。
一日一日で、市場の魚の値段《ねだん》がかわるので、コッパ社長は、新聞の細かい数字とにらめっこしている。
三年ものあいだ、赤潮《あかしお》も魚の病気も台風も、餌《えさ》どろぼうのネズミも、魚どろぼうのにんげんも、数えきれないほどの困難《こんなん》を乗りこえて、やっとむかえた出荷日《しゅっかび》だ。めざすは、本土側にある魚市場だ。

「よっしゃ、明日行くど。おまえも社員じゃけん、見学したほうがえかろう」

新聞から目を上げると、コッパ社長は、G氏にむかっていった。魚市場というのははじめてなので、G氏（つまりおれ）の心臓《しんぞう》がおどる。どこからか借りてきた大型《おおがた》の漁船に、育てあげたタイを積みこんで、コッパ社長は勇みたっている。

船の胴《どう》の間《ま》にG氏が陣取《じんど》り、朝早くにコッパ養魚天国をあとにした。三びきのモモタロウ兄弟に、見おくられながら。

「いよいよ、うちの魚が、ソーセキさんになる日がきたど」

漁船の生《い》け間《ま》には、新鮮《しんせん》な海水が流れこみ、いれたタイが、宝石《ほうせき》のような輝《かがや》きをはなちながら泳ぎまわっている。

うっとりと、G氏は生け間《いけま》をのぞきこむ。目がはなせない。船がゆれると、水そうのタイもゆれる。タイのうろこが、みどりにかがやく。

「あんまり下ばっかり見よると、船酔《ふなよ》いするで。海の遠くにも目をやらにゃ」

コッパ社長が、おしえてくれる。

漁船は、エンジンのけむりをはきながら、ザップ、ザップと波を乗りこえはしりつづける。カモメたちが、波のあとを追ってくる。

ふいに、G氏ののどが、ウッとこみあげてきた。船酔《ふなよ》いなのか、胸《むね》がむかむかする。まわりの景色がぼやけてくる。はきそうなのをこらえ、ベタっと腰《こし》をおとして目をつむっていると、

「船に酔《よ》わんようにするにゃあ、舵《かじ》をとるんがいちばんええ。ちょっと、ここにきてみいや」

コッパ社長が、操舵室《そうだしつ》にG氏をまねきいれた。コッパ社長の右腕《みぎうで》にま

たがり、社長といっしょに船の舵輪《だりん》をまわす。操縦席《そうじゅうせき》の前の窓《まど》から、広い海がよく見える。だんだん舵《かじ》とりのコツがわかってきた。本土の市場にちかづくにつれて、漁船の数がおおくなるから、まったく気がぬけない。衝突《しょうとつ》しないように、細かく舵《かじ》をとる。

コッパ社長の手に前足をおき、いっしょに舵《かじ》をまわしているうちに、いつの間にかG氏は、船酔《ふなよ》いをわすれていた。

船ははやくも、魚市場に到着《とうちゃく》した。島の養鶏場《ようけいじょう》を、いくつもつなげたような建物だ。セメントの床《ゆか》がどこまでもつづいている。たくさんの船から、つぎつぎと魚があげられてくる。

コッパ社長も、船の魚を大型《おおがた》のバケツに移《うつ》し、市場の中にはこびこむ。G氏もいそいで、そのあとをついていく。売り手と買い手が、平べったいトロ箱につめた魚を、かこんでいる。にぎやかなさけび声が、トタン張《ば》りの屋根に反響《はんきょう》して、耳が痛《いた》いくらいだ。

「セリ売りをやりよるんじゃ。ここで、魚の値段《ねだん》がきまるんじゃ」

コッパ社長が、G氏の耳元でさけぶ。

気が遠くなるほどの魚、魚、魚。マグロ、ブリ、カレイ、ヒラメ、タチウオ、アナゴ、アジ、サバ、タコ、イカ。G氏が見たこともない魚が、広い市場を埋《う》めつくしていく。セメントの床《ゆか》が水びたしで、足のうらが気持ちわるい。うっかりすると、投げだされた魚の頭に、つまずきそうになる。トロ箱の魚は、つぎからつぎへと買い手がきまり、値段《ねだん》をつけた紙切れといっしょに、おとなしくならんでいる。

生まれてはじめて、こんなにたくさんの魚と、こんなにたくさんのにんげんを見て、目がまわりそうなG氏（つまりおれ）だった。

めずらしい魚をのぞきまわっているうちに、G氏はコッパ社長とはぐれてしまった。

一段《いちだん》ときれいな魚のまえで、G氏は立ちどまった。ガラスの水槽《すいそう》の中で、元気に泳いでいる。赤色がまぶしい。やっと知っている魚に出会って、うれしくなった。やはり、魚の代表はタイなのだ。尾《お》びれも背《せ》びれも、みごとに張《は》ってかっこいい。

コッパ養魚天国の魚とどっちがりっぱか、のぞきこんでいたら、急に首すじをつかまれた。

「こら、このネコ。どっからはいってきやがった」

ごっつい腕《うで》が、G氏の首をしめる。

「いや。首輪をしとるけん、のらじゃなかろう。だれかに、くっついてきたんじゃないんか」

別の声がいい、いやがるG氏を、魚市場の事務所《じむしょ》に引っぱっていった。よってたかって、G氏のからだを小づきまわす。

「首輪のついたオスネコが、まよいこんじょります。心当たりの方《かた》は、早急に引きとりにきてください」

迷子《まいご》の呼《よ》び出しが、市場じゅうに流れた。

「名前は？　えーと、ゴン？」

G氏の首輪の文字を、目をほそめて読んでいる。コッパ社長がつけた名前だが、かすれてしまってよく見えない。

「ゴンか、ゴンタか、ゴンべか、ゴンスケか……」

事務所《じむしょ》のひとたちが、迷子《まいご》のネコの首輪を引っぱりあっているうちに、息せききってコッパ社長がやってきた。

「いやあ、すみません。ちょっくら、市場を見学させたかったんじゃが」

「ネコをいれてくれちゃあ、こまりますのう。ここは、魚の宝庫《ほうこ》ですけん」

「はい、どうも。こりゃ、ネコいうても、うちの社員じゃけん。しっかり教育しちょりますけん、売り物に手出しすることはありませんで」

コッパ社長は、がんばってみせる。

「そうはいうても、まちごうて海にほうりこまれんともかぎらんで。ようう気をつけて、まっすぐつれて帰ってくださいよ」

事務所《じむしょ》のひとは最後にそういって、G氏を引きわたしてくれた。

第11のぼうけん ＝水の中の天使

九月にはいって、すばらしい天気がつづく。

イワシ網漁《あみりょう》も最盛期《さいせいき》となり、とれた小イワシを陸の作業場にはこぶ船が、一日になんども、波をけたてて沖をはしりすぎていく。

パン屋もいそがしいのか、あれ以来ミツコさんは、姿《すがた》を見せてくれない。キジタはどうしているかなと、ふっと思い出すG氏（つまりおれ）だった。

はじめての出荷《しゅっか》も無事にすんで、コッパ社長は、新しい稚魚《ちぎょ》をいれる準備《じゅんび》をはじめた。

「最初にしちゃあ、りっぱな魚を育てちょると、市場のひとにほめられたよ。予想よりも、だいぶええ値《ね》がついたのう」

コッパ社長は、財布《さいふ》の中のユキチさんとソーセキさんを、うれしそうにG氏にも見せてくれた。

「これで、台風を乗りこえりゃ、万々歳《ばんばんざい》じゃ。祭りや正月用に、もっとええタイをつくろうよ。いかだをふやして、ヒラメやハマチをやるのも、ええじゃろうのう」

めずらしく缶《かん》ビールを片手《かたて》に、G氏（つまりおれ）に相談をもちかける。

夏はおわったはずなのに、今日は、とくべつに暑い。

魚を出荷《しゅっか》したあとの空いたいけすを、コッパ社長が掃除《そうじ》しはじめた。

風があたると、まるでプールみたいに小波《さざなみ》がはしる。

モモタ、イヌタ、サルタの三びきも、風の通り道に寝《ね》そべって、赤い舌《した》を出している。この子たちのいかだの暮《く》らしも、あとわずかだ。どこにもらわれていっても、ちゃんとやっていけるように、この子たちをきたえておかねばと、G氏は思う。

暑さしのぎにひと泳ぎしようと、G氏はいけすのプールにはいった。

それを見て子ネコたちも、あとを追ってとびこんできた。

「おお。水泳大会かい。おまえらなら、どこのネコにもまけんじゃろう」

コッパ社長が、けしかける。

「イヌかき泳ぎか、カエル泳ぎか、どっちを練習したい？」

G氏がいうと、子ネコたちは、

「ネコ泳ぎって、ないの？」

と、きく。

「ネコ泳ぎは知らない。カエル泳ぎなら、コッパさんからならった」

「わかった。ネコ泳ぎがないのなら、カエル泳ぎをおぼえよう」

と、子ネコたちは、いかだのふちにつかまりながら、カエル泳ぎにとりくんだ。

「そうそう。両手と両足を大きくひらき、ぎゅっとちぢめて、さっと水をかく」

コッパさんがそばにきて、手ほどきをしてくれる。

おもしろがっているうちに、子ネコたちはみんな、いけすの外でも、カエル泳ぎができるようになっていた。

水泳訓練をすまし、日かげでやすもうと、みんなでいかだ小屋のうらにまわりかけたとき、二せきの漁船が入り江《え》にはいってきた。今にも水につかりそうなくらい、山もりに白い貝がらを積んでいる。

カキの種付《たねつ》けがはじまったのだ。白い貝がらはホタテガイ。まん中に穴《あな》を開けて針金《はりがね》をとおし、浅瀬《あさせ》の竹棚《たけだな》につるす。カキの放卵《ほうらん》がはじまると、その貝がらにカキの赤ちゃんがくっつく。この地方では、カキの養《よう》殖《しょく》もさかんなので、カキ業者にもたいせつな入り江《え》なのだ。

放卵《ほうらん》は、たいてい大潮《おおしお》のときで、それを目当てにプランクトンや小魚があつまり、海の中はお祭りさわぎとなる。とくに闇夜《やみよ》のときは、夜光虫が乱舞《らんぶ》して、この世のものとは思えない、ふしぎなひかりのショーとなる。

「今年は、放卵《ほうらん》がちいとばかしおそいようじゃが、なにかかわったことがあれば、電話してみてくれんさいや」

カキ屋のひとはコッパ社長にそうたのんで、漁船に乗りこみ帰っていった。

放卵《ほうらん》がさかんになると、海の水がうすいピンクに、にごるという。

それをきいたG氏は、その日からときどき背《せ》のびして、海のようすをたしかめることにした。できれば、いかだ小屋の屋根に上がって見張《みは》りたいところだが、屋根の上はいまだに、カラスの縄張《なわば》りだ。

お盆《ぼん》から十日ばかりがすぎ、月がやせて闇夜《やみよ》の日がちかづいてきた。

コッパ社長がはやめに引きあげた夕方、G氏（つまりおれ）は、子ネコたちといっしょに、きれいな夕やけをながめていた。

「あれ、コッパさんの舟《ふね》が、また……」

イヌタの声にふりむくと、帰ったばかりのコッパ社長が、岬《みさき》をまわって引きかえしてくる。舳先《へさき》に立って、こちらに手をふっているのは、白いシャツを着た女性《じょせい》だ。

「カープパンだ。キジタもいるかも！」

子ネコたちが、いっしょになってさわぎだした。舟《ふね》には、カープパンのミツコさんが乗っていたが、キジタの姿《すがた》はなかった。

「なんだ。キジタ、こないのか」

三びきが、口ぐちにいった。

「もしかして、病気なの？」

と、G氏も、聞きたくなる。

「ちょっとね。お腹《なか》、こわして。きたがったんだけど」

ミツコさんが、もうしわけなさそうな声でいった。

――やはり、パンを食べすぎたんだ。

G氏はそう思ったが、子ネコたちがうらやましがるので、だまっていた。

キジタなしでも、いかだにきたがったのはミツコさんのようだった。

コッパさんから、今夜あたり夜光虫のショーがはじまるときいて、どうしても見たくなったらしい。

いかだに上がるなり、ミツコさんは黄色い声を出した。

「すてきだわね！　こんなところで、海の星祭りを見られるなんて」

ミツコさんは、夜光虫のことを、海の星といっている。とてもきれいない言い方だと、G氏（つまりおれ）は感心する。

「ま、今夜あたり、最高の夜光虫のショーになるじゃろうて。もちいとくろうなるまで待ちんさい。そりゃ、ホタルなんぞくらべものにならんほど、すばらしいけん」

いかだのふちに腰《こし》をおろし、コッパさんとミツコさんは、カープパンを食べながら、話しあっている。

入り江《え》はかがみのようになめらかで、空の星まではっきりうつりそうだ。

そのうち、水面のかげの部分が、金のこなをばらまいたようにひかりはじめた。よこに、ななめに、ひかりのすじがはしる。コッパさんが、足で水面をけると、ひかりのしずくであたりが明るくなった。

「なんて、きれい！」

ミツコさんは、ためいきをつき、コッパさんに寄りかかった。

その声にさそわれるように、最初に海にとびこんだのはモモタだった。

「たいへん！　あの子が、海におちた！」

あわてて立ち上がろうとするミツコさんを、コッパさんがひきとめた。

「だいじょうぶ。うちのネコは泳げますけん。ほら、ほかの子もみんな、泳ぎたがってるでしょうが」

コッパさんが、そういうと同時に、ほかの二ひきもつぎつぎと水にとびこんだ。もちろん、G氏もあとにつづいた。

「いいか。今日はイヌ泳ぎでなく、カエル泳ぎでゆっくりいこう」

コッパ社長にいわれて、四ひきのネコたちは、よこいちれつになり、カエル泳ぎですすみはじめた。前足をちからいっぱいかくと、目のまえにパッと、ひかりの花がひらく。なんとも気持ちがいい。

「わあ、ひかりの輪が、金のつばさみたい。はっきり見えるわ。小さな天使が、水の空を飛んでいる！」

よほど、感動したのだろう。ミツコさんは、なみだ声になっている。

「ほうじゃろう、わしゃ、いつも、こがいなええもんをひとりで見るのが、もったいないと思いよったんじゃ」

コッパさんも、声をうるませて、ミツコさんの肩《かた》にじぶんの肩《かた》をくっつけた。

ふたりのようすを、それとなく見て、ネコだけでなく、にんげんどうしも親戚《しんせき》になるかもしれないと、期待を寄せるG氏（つまりおれ）だった。

水からあがったG氏と子ネコたちは、ぬれた毛に夜光虫をくっつけて、まだぴかぴかかかがやいていた。

その晩《ばん》、コッパ社長は、四ひきの天使たちを、きれいな水であらい、あとはG氏だけをいかだにのこして、帰りの舟《ふね》に乗りこんだ。

「ま、ちいとさびしゅうなろうが、これえてくれ。うちの警備員《けいびいん》は、おまえひとりでじゅうぶんじゃ。この子らは、みんなええところにもらわれていくけん、心配するな」

舟《ふね》をいかだからはなしながら、コッパ社長は、G氏にむかってそういった。

いちどくらい、じぶんも島のコッパさんの家につれていってもらいたい、と思うG氏だったが、たいせつな夜の仕事があるので、今夜もぐっとがまんした。

第12のぼうけん

＝台風がやってきた

「いやぁ、子ネコ三びきとも、夕べのうちに、とどけてやったよ」

つぎの日、いかだにくるなり、コッパ社長はG氏にいった。いかにも、大きな仕事を片《かた》づけたみたいに、胸《むね》をたたいている。

子ネコたちがいなくなり、ひさびさに、社長とG氏ふたりきりの、しずかな時間がもどってきた。

朝の餌《えさ》をやりおわって、南に飛んでいくわたり鳥をながめているとき、岸のほうから呼《よ》ぶ声がした。このまえにもやってきた、税務署《ぜいむしょ》の金村さんだ。

「売れたそうですのう、けっこうな値段《ねだん》で。おめでとうさんです」

両手を口にあてて、どなっている。

「うちみたいな、けちな養魚場からも、税金《ぜいきん》をとりたいんかい」

舟《ふね》でむかえにいったコッパ社長は、いかだにもどるなり、税務署員《ぜいむしょいん》にわらいかけた。

「いえのう。今日はプライベートじゃ。日曜じゃけん、息ぬきにきましたよ」

金村さんは、麦わら帽子《ぼうし》をとって頭をさげた。頭のてっぺんが丸くひかり、けっこうな年だとわかる。

「ああ、日曜じゃったか。わしにゃ、土曜も日曜もないですけん。で、プライベートとは？」

「ひさしぶりに、釣《つ》りをしとうて。いかだで釣《つ》らしてもらえませんかのう。もちろん、いけすの外でじゃが」

見れば、税務署《ぜいむしょ》の金村さんは、しっかり釣《つ》り支度《じたく》だ。おまけに、男の子をひとりつれている。

「小学五年の孫じゃが、学校で魚の養殖《ようしょく》の勉強をしよるいうんで、見学させてもらおう思うて」

金村さんに押《お》しだされて、男の子は、野球帽《ぼう》の頭をペコリとさげた。これからは、魚をとるだけでなく、育てることもたいせつだと、学校でならっているらしい。

「おう、おう。おいでんさい。すきなだけ見ていきんさい。それから、魚もいっぱい釣《つ》りゃあええが」

コッパ社長が、うれしそうにこたえる。G氏（つまりおれ）は、床下《ゆかした》から顔だけだして、とつぜんのお客をめずらしげにながめていた。

「わしらみたいなしろうとでも、ここのいかだなら、ハゲでも釣《つ》れんかと思うてのう」

金村さんが、孫の肩《かた》に手をおいた。カワハギのことを、こちらではハゲという。税務署員《ぜいむしょいん》の頭のてっぺんが、ひかっていたのを見て、G氏はつい、そちらのハゲを思ってしまった。

「そりゃ、釣《つ》れるじゃろう。網《あみ》からこぼれた餌《えさ》をもろうて、いかだの外の魚も大きゅうなりよるけん。いけすの中はうちのもんじゃが、外の魚はだれのもんでもないけん。いかだのはしへいって、やってみんさい。ハゲでもハゼでも、とびついてくるじゃろう」

コッパ社長はそういいながら、わざわざまき餌用《えさよう》の粒餌《つぶえ》まで、出してやっている。

「ところで、まじめにゃりよりますか、おたくの番ネコは？」

金村さんが、床下《ゆかした》のG氏を見つけてたずねた。

「まじめもまじめ。給料をあげてやりたいくらいですわ。そんときにゃ税金《ぜいきん》のほうも、まけてもらわにゃ」

コッパ社長が、白い歯を見せる。

「ほうですのう。税金《ぜいきん》となりゃ、正式な名前がいりますで。なんというんですか、ここのネコさまは」

税務署員《ぜいむしょいん》も、わらい顔できく。

「ゴンベエとしましたが。名前を呼《よ》ばんでも、いつもそばについちょります」

「ゴンベエねえ。名無しのゴンベエ……」

「とんでもない。山本のゴンベエじゃ。むかし、山本権兵衛《やまもとごんべえ》というえらいひとがおったでしょうが」

「いや、知らん。そがいなむかしのことは。あんた、学がありますなあ」

「海軍大将《たいしょう》から首相《しゅしょう》にまでなった、あのかたですよ。その名前を、もろうたんじゃが」

「ほう。海軍大将《たいしょう》の名前を！」

「ほうです。ゴンベエは、うちのいかだの大将《たいしょう》じゃけん」

とくめい希望だったけれど、そんなことまでいわれて、そばで聞いているG氏（つまりおれ）は、耳がこそばゆい。どうやら、りっぱすぎる名前なので、コッパ社長も、あまり大っぴらにしたくなかったのかも知れない。

「そりゃ、たいしたもんですな。どうですか、テレビに出してみちゃ」

「いやいや。うちのは、そこらでちゃらちゃらテレビに出よるイヌやネコとは、ものがちがいますけん、ものが」

コッパ社長はそういいながら、G氏をちかくに呼《よ》びもどした。テレビというものに、ちょっと興味《きょうみ》をひいたG氏だったが、このいかだでのんびり過《す》ごすのがいちばんだと、チャプチャプいかだにたわむれる波音を聞きながら思いなおした。

税務署員《ぜいむしょいん》と小学五年の男の子は、ひと通り養殖《ようしょく》の魚を見てまわると、沖のいかだに陣取《じんど》り、昼すぎまで熱心に釣《つ》っていた。

「いやあ、大漁でしたわ。ハゲにヒラメにアジにタコまで釣《つ》れて。この子もぎょーさん釣《つ》ったよ。今晩《こんばん》は大ごちそうじゃ。おーけに、おーけに」

金村さんは、男の子にも「ありがとう」をいわせ、お礼だといって釣《つ》ったカワハギを一ぴきさしだしたが、コッパ社長は、「魚は売るほどありますけん」といって、うけとらなかった。

金村さんは、クーラーの獲物《えもの》をだきかかえるようにして、社長の舟《ふね》で送られ、ほくほく顔で引きあげていった。

けれども海という相手は、そうそうあまくはない。
「シケのまえには、魚がよう釣《つ》れるのよ」
税務署員《ぜいむしょいん》の大漁を見て、コッパさんはつぶやいていたが、その心配がほんとうになった。まえの晩《ばん》から、いかだがキイキイ泣いていると感じていたら、台風がちかづいていたのだった。

台風の波はうねりとなって、本体よりも一足先にやってくる。金村さんが帰ったころから、いかだのゆれが、目に見えて大きくなった。網《あみ》の中の魚ごと、いけすがゆさぶられる。

「こりゃあ、大シケになるど。今晩《こんばん》から厳戒態勢《げんかいたいせい》じゃ。いそいで応援《おうえん》を呼《よ》ぼう」

コッパ社長はそういい、片《かた》っぱしから同級生に電話をしていった。

波が岸に打ちつけるたび、盆《ぼん》おどりのたいこより何倍も大きな音が、入り江《え》じゅうにひびきわたる。いかだが、ギシギシ悲鳴をあげはじめた。魚たちは、網《あみ》の底にかたまってふるえている。つぎつぎと同級生がやってきて、たくさんのロープといかりで、いかだの補強《ほきょう》をした。

「今晩《こんばん》は、おまえを、ここにおいちょくわけにはいかんのう」

コッパ社長は、小屋の戸じまりをしながらそういい、G氏（つまりおれ）を、じぶんの家につれてかえることにした。

台風のおかげで、G氏ははじめて、島の中ほどのコッパ社長の家に、あがることができた。島といっても、たくさんのひとが暮《く》らしており、コッパさんも、風呂屋《ふろや》とタバコ屋にはさまれた小さな家に、母親とふたりで住んでいる。

家にはいりはしたが、なれない場所で居心地《いごこち》がわるく、G氏は、縁側《えんがわ》のすみにちぢこまっていた。近所では、台風にそなえて、窓《まど》や戸口に補《ほ》強《きょう》の板を打ちつけている音がする。

「ちょっくら、海のようすを見てくるで」

夕方になって、コッパさんはそういいのこし、ひとりででかけていった。台風ともなると、風も心配だが、満潮時《まんちょうじ》には高潮《たかしお》の危険《きけん》もあるのだ。

コッパさんがいなくなると、家の中が、とたんに息苦しくなった。嵐《あらし》のまえの生あたたかい風が、島の道路を吹《ふ》きぬける。

G氏は、縁側《えんがわ》で夕食の用意をしている母親とふたりで、コッパさんの帰りを待った。コッパさんの母親は、ネコがすきではないらしく、G氏をなでようともしない。

「おまえが、いかだのネコか。ようこえちょるじゃないか。ちったあ、役に立ちよるんかね」

蚊取《かと》り線香のけむりを、包丁ではらいながら、コッパ母さんがいう。なんだか、気むずかしそうだ。初対面のあいさつのつもりで、G氏がそばにいきかけると、

「わしゃ、ネコはだめなんじゃ。わるいが、あっちいってくれ」

母親は、手にした包丁で、G氏をパタパタ追っぱらった。思ったとおり、ネコぎらいなのだ。はじめての家では、どうやって時間をすごしていいか、わからない。コッパさんは、なかなかもどってこない。

「どうせ、パン屋で油売りよるんよ。コホッ、コホッ」

母親が、せきをしながらいう。そのうち母親は、「よっこらしょ!」と、立ち上がり、むいたジャガイモをかかえて、台所のほうに姿《すがた》を消した。

パン屋というのは、カープパンのことだろうと、G氏は考える。夕ごはんまでには、まだだいぶ時間がある。

ひまつぶしにG氏は、あたりの見物をかねて、散歩にでかけた。板打ちの音はやみ、家の前の大通りに、ひとかげはない。

「ブ、ブーッ」

とつぜん、はげしい音が耳にとびこみ、G氏はちぢみ上がった。外に出たとたん、猛《もう》スピードではしってくる自動車に、はねられそうになったのだ。

ようやく立ちなおったとき、ちかくでネコのわらい声がした。そちらに目をやると、タバコ屋の自動販売機《じどうはんばいき》のよこに、年とったメスネコがすわっていた。

「あんた、どこの出だね。バスのよけ方も知らないんだ」

ずいぶんえらそうなネコだ。返事をしないでいると、

「あたしゃ、タバコ屋のミケ。あんた、なんて名前だ？」

前足をあげて、呼《よ》びかけてきた。

「ゴ、ゴ……」

とつぜんで、じぶんの名前が出てこない。

「へんなの。どうせ、名無しののらネコだろう」

「ちがうって。ほら、そこの家のネコ……」

こんどはG氏も、むきになっていう。

「なんだ。あのいじわるばあさんのところに、きたやつか」

タバコ屋のミケは、いかにもばかにしたように、鼻にしわを寄《よ》せた。

「いじわるばあさん？」

「そうじゃないか。ネコを見れば、石をぶつけるのよ、あのばあさん」

「え？　石を！」

「そうじゃないときもあるけど。ぜんそくがひどいんで、ネコの毛がよくないと思いこんでいるのよ、あのばあさん」

ミケが、かってにおしえてくれる。ぜんそくという病気は、ネコの毛を吸《す》いこんだだけで、ひどいせきが出るらしい。だからコッパさんは、これまでいちども、G氏を家につれてこなかったのだ。今回は、台風なのでしかたがなかったのだろう。

「あたしゃ、はたらくネコだよ。これからのネコは、ネコかわいがりされて、あまえているだけじゃ、だめなのよ。仕事をしなくっちゃ」

ミケは、じまんたらたら、じぶんのことを話しだした。

「仕事って、なんの？」

「あたしのばあいは、店番さ」

「店番？」

「そうよ。ここで見張《みは》りながら、お客がきたら、大声で中のひとに知らせるのよ」

そんなことよりか、じぶんのほうが、もっとたいへんな仕事をしていると思うG氏だったが、じまんしあうのは、やめておいた。

「あんた。そこらでうろうろしよったら、バスにひかれて、ネコせんべいになるよ」

きゅうにミケは、話題をかえた。

「バス？　ネコせんべい？」

なんのことか、G氏にはさっぱりだ。

「バスってのは、この島でいちばん大きな車だよ。あいつにひかれたら、あっというまにぺしゃんこよ、せんべいみたいに」

ミケは、まるでせんべいをかじるみたいに、口をくちゃくちゃうごかした。

タバコ屋のミケと話していたら、カープパンにもらわれていったキジタのことが、心配になってきた。コッパさんも、パン屋に立ち寄っているかもしれない。

「ねえ、カープさんって、どこにあるか知らない？」

G氏は、ミケにきいてみた。

「なに、カープ？　カープといやあ、ヒロシマじゃろう。ヒロシマカープじゃけえ」

「それって、どこにあるの？」

「そがいなことも知らんのか、あんた、世間知らずのネコじゃねえ。カープで、なんの用があるんよ」

ミケは、鼻を空にむけてうそぶいた。

「できれば、会っておきたい子がおるの」

「へー、友だちがね」

「いっしょに暮《く》らしてたんだけど、カープさんに、もらわれていった」

「それなら、港へ行くんだね。そこで待ちよったら、ヒロシマ行きの船がくるけん」

「ヒロシマ行きの船？」

「そうよ、船よ。それにもぐりこめば、だまっててもつれていってくれるよ、ヒロシマまで」

「船なら、まえに、魚市場までいったことがあるけど」

「それとは、わけがちがう。お客をはこぶ連絡船《れんらくせん》じゃ。ただ乗りじゃから、つかまらんように、気をつけな」

「ただ乗りって？」

「あんた、旅をしたこと、ないんか」

「ない。ずっといかだ暮《ぐ》らしだったから」

「それじゃだめだ。ネコの男は、いちどは旅に出るもんだよ。それでようやく、一人前のネコよ。今すぐ行きな、ヒロシマへ」

追いたてるようにいうと、ミケはお客にくっついて、店の中にはいっていった。

バスが一台通りすぎたあと、島の道には、ほとんど人通りがない。台風を呼《よ》ぶ風が、潮《しお》のにおいをはこんでくる。そのにおいをたよりに、G氏（つまりおれ）は、港の方向に足をはこんだ。
とちゅうで、ひときわきれいなガラス張《ば》りの店が目についた。中から、パンのいいにおいが流れてくる。もしかして、ここがカープさんの店か

もしれないと、カーテンのすきまからのぞいたが、ひとの気配はない。

G氏は、入り口のガラス戸にうつるじぶんの姿《すがた》に気がついた。生まれてはじめて、じぶんの顔をじっくりと見た。

なんともやぼったい、うすよごれたトラネコだ。このところ、ずっと風呂《ふろ》にもはいっていない。タバコ屋のミケに、「世間知らず」といわれたのも、無理はない。

急に気おくれがして、G氏はパン屋をはなれた。やはりネコの男は、旅をしなければいけないんだ。ヒロシマに行こう。

連絡船《れんらくせん》の汽笛が、風に乗って聞こえてきた。汽笛にみちびかれて、また港のほうにあるいていく。

港では、いかだ小屋のようなところに、三、四人のひとがすわっていた。

そこが、船着き場の待合室で、きっぷの係りが、桟橋《さんばし》の上で待っている。

コッパさんの舟《ふね》とはくらべものにならないほど大きな船が、ゆっくり

と桟橋《さんばし》によこづけするところだ。

船がつくと同時に、乗客がどっと、桟橋《さんばし》にこぼれでる。桟橋《さんばし》からあがってくるお客の足をくぐりぬけながら、G氏は連絡船《れんらくせん》をめざして、かけおりようとした。

「大シケじゃけん、今日の連絡船《れんらくせん》はここまでです」

きっぷをうけとっているおじさんが、港にきたお客に話している。

「広島へは、もどらんのかい」

「あい。このあとは、ぜんぶ欠航《けっこう》ですけん」

連絡船《れんらくせん》をつけた浮桟橋《うきさんばし》が、シーソーのようにゆれている。桟橋《さんばし》に立っているだけで、船酔《ふなよ》いしそうだ。大きな波が、桟橋《さんばし》をあらう。

G氏は、おりかけた足に急ブレーキをかけ、あわててあともどりした。

欠航《けっこう》とは、船が出ないことらしい。ヒロシマには、今日はもう行かないのだ。

嵐《あらし》の海に乗りださずにすんで、G氏は正直なところほっとした。

「おや、おや。そこのネコ、うちの子のようじゃが」

頭の上で声がしたのは、そのときだった。おどろいたG氏は、足をはやめた。

「ゴンベエ、ゴンベエどん！　ゴンベエ大将《たいしょう》！」

大声で呼《よ》びながら、追いかけてくる。G氏の名前を知っているのは、コッパさんだけだと気づいて、G氏は立ちどまった。

「おやまあ。おまえも、ミツコさんをむかえにきたんか。よう、ここがわかったのう」

コッパさんが、G氏を見おろしながらいう。

いわれてみれば、今、桟橋《さんばし》を上がってきっぷをわたしているのは、カープパンのミツコさんだ。腕《うで》に、みどりの竹かごをさげている。

「あら。こんにちは」

ミツコさんが、コッパさんを見つけて、声をかけた。

「店に寄ったら、広島へ行ったときいたんで。船、ゆれたじゃろう。台風がきよるけん。間におうて、よかった、よかった」

コッパさんが、声をはずませる。

「この子、広島のイヌネコ病院で、みてもらってきたの。お腹《なか》こわしたから。でも、どこもわるくないって。パン屋のネコだから、健康にしなくっちゃね」

腕《うで》のかごをはずしながら、ミツコさんが話しかけた。そのすぐうしろを上がってきたのは、背《せ》の高い男のひと。

「獣医《じゅうい》さんにも、ついてきてもらったから、安心だった」

ミツコさんは、男のひとをふりかえり、コッパさんにいう。

「じゃ、いっしょに広島へ？」

と、コッパ社長がきいた。あまり、おもしろくなさそうな声だ。

「そう。赤ちゃんも、じぶんの勉強にもなるからって……」

「赤ちゃん?」

「あ。赤坂の、赤ちゃん」

ミツコさんに赤ちゃんといわれて、てれくさそうにわらう赤坂獣医《じゅうい》だった。

コッパさんは、赤ちゃんにかるく手を上げ、足元のG氏をだきあげた。

「マロンちゃん、ほら。いかだのお兄さんよ」

ミツコさんが、かごのキジタ、いや今はマロンという名前のネコにおしえた。

マロンは、ちょっとだけかごからのぞいたが、G氏なんか知らないというふうに、さっさと引っこんでしまった。青い服を着せられ、首にはピンクのリボンをつけて、すっかりパン屋のネコになっている。

「ほう。きれいなネコになって……」

コッパさんが、とってつけたようなお世辞《せじ》をいい、先に立ってあるきはじめた。

こうなってはG氏も、コッパ社長にくっついて、ネコぎらいのおばあさんの家にもどるしかない。台風のまえぶれの風に、背中《せなか》を押《お》されながら。

夜になって、風があばれだした。家全体がミシミシゆれる。はげしい雨が、ななめに吹《ふ》きつける。そこらじゅうで雨もりがはじまり、コッパさんはせまい部屋をかけまわり、バケツやらなべやら、皿やらぞうきんやらで、雨水とたたかっている。

ネコぎらいのおばあさんは、台風なんか平気なようすで寝《ね》ているが、G氏のほうは、ねむるどころでない。風がうなりをあげるたびに、からだがかたくなる。

「どがいにひどい台風でも、じっとがまんしちょりゃ、かならず通りすぎるものなんよ」

コッパさんは、G氏の背中《せなか》をなでながら、そういってはげましてくれた。

コッパさんのことばどおり、つぎの朝には台風は、うそみたいにしずかになった。コッパさんは、今日はコッペパンを買いにいかず、ネコぎらいの母さんがつくった朝ごはんを、もくもくと食べていた。G氏にも、ごはんにみそ汁《しる》をかけた、ネコめしを出してくれた。

「よし！　台風一過《いっか》だ。いかだのようすを見にいくぞ！」

コッパさんは、両手でじぶんのほっぺたをバシバシたたいて、立ちあがった。台風一過《いっか》とはよくいったもので、外にはまぶしい太陽がもどっている。

G氏（つまりおれ）の気分もすっかり晴れて、ひとりで近所の見まわりにでかけてみた。

外に出たとたん、はげしいラッパの音が、G氏の耳をつんざいた。道路いっぱいに、大きなバスが通りすぎたのだ。雨上がりの水たまりで、しぶきがとびちった。

タバコ屋のへいに、タバコ屋のミケがはりついていた。あやうく、ひかれそうなようすだった。

「だいじょうぶ？　けが、しなかった？」

そばにかけより、G氏がきいた。

「ネコっとびでうまくよけたから、へいきだったさ。これがイヌだったら、あの世いきだよ。きっと、イヌせんべいさ」

てれくさそうに、顔のどろを前足でぬぐいながらミケはいい、すこし足をひきずって、タバコ販売機《はんばいき》のうしろにひっこんだ。

海にはまだ、波がのこっていた。大ゆれのコッパ社長の小舟《こぶね》にしがみつきながら、G氏は、二日ぶりに入り江《え》のいかだにもどってきた。

台風のあとの養魚場は、急に広びろとした感じになっていた。いかだ小屋が風にとばされ、つぶれたトタン屋根が、ななめに海におちかかっていたのだ。

岬《みさき》のサギやカラスの森も暴風《ぼうふう》にやられ、空がすけて見えるまでになっている。むこう岸のとり屋からも、ニワトリたちの朝のにぎやかさが聞こえない。

「まあ、網《あみ》だけでもたすかって、えかったよ。小屋はすぐになおせるけん」

コッパ社長は、にがわらいしながら、G氏をつれて台風の被害《ひがい》をしらべてまわった。

「流れついたごみや枯《か》れ木のあと片《かた》づけがおわったら、温泉《おんせん》にはいらんかい」

ドラム缶《かん》でごみをもやしながら、コッパさんがいう。

「え？　温泉《おんせん》！」

「ほうよ。朝から、海水温泉《おんせん》よ。縁起《えんぎ》なおしじゃ」

コッパ社長は、白い歯を見せてそういい、ドラム缶《かん》の湯かげんをたしかめた。

まぶしいお日さまのもとで、G氏はコッパ社長にだかれて、ドラム缶《かん》風呂《ぶろ》にはいり、台風のつかれをいやした。そのあと、山からくんできた清水を頭からかぶると、生きかえった気分になった。

すっかりパン屋の子になったキジタのことも、ネコぎらいのコッパ母さんのことも、いばり屋のミケのことも、水といっしょにあらい流した。

きっと、コッパさんも同じ気持ちだろうと、G氏は思う。カープパンと獣医《じゅうい》の赤ちゃんのことが、あったからね。

「まあ、あせることはない。ぼちぼちやりゃあええが」

コッパさんも、じぶんにそういいきかせるように、魚の餌《えさ》を用意している。

G氏は、つぶれたトタン屋根にあおむけに寝《ね》っころがり、空に浮《う》かぶ白い雲を、のんびりとながめた。カラスどものフンは、台風の雨できれいにあらわれている。風呂《ふろ》であらったばかりの毛がふわふわになり、ネコせんべいならぬ、ネコふとんになった気分だ。

——やっぱりおれは、いかだがいちばん。しばらくは、コッパ社長といっしょに、いかだネコで生きていこう。

あらためてそう決心したG氏（本名、山本ゴンベエ）は、おもいきり両手両足をのばし、海の空気を胸《むね》いっぱい吸《す》いこんだ。

『いかだネコG氏 12のぼうけん』おわり

山下明生（やました　はるお）
1937 年東京都生まれ。瀬戸内海で幼少年期を送る。京都大学文学部仏文科卒業後、児童書編集を経て作家になる。海育ちの海好きで、海を舞台にした作品が多く、『海のコウモリ』（赤い鳥文学賞受賞）、『カモメの家』（野間児童文芸賞、「路傍の石」文学賞、日本児童文学者協会賞、赤い鳥文学賞、赤い鳥さし絵賞受賞）、『ガラスの魚』（いずれも理論社）は、自身の体験をもとにした島の三部作。『海のしろうま』（野間児童文芸賞新人賞受賞・理論社）、『はんぶんちょうだい』（小学館文学賞受賞・小学館）、『まつげの海のひこうせん』（絵本にっぽん賞受賞・偕成社）など作品多数。童話集に「山下明生・童話の島じま（全 5 巻）」（あかね書房）がある。「バーバパパ」シリーズ（講談社）、「カロリーヌ」シリーズ（BL 出版）など翻訳もてがけている。2004 年紫綬褒章受章。

高畠那生（たかばたけ　なお）
1978 年、岐阜県生まれ。東京造形大学美術学科絵画専攻卒業。2003 年、『ぼく・わたし』(絵本館）で絵本作家デビュー。『チーター大セール』(絵本館)、『だるまだ！』(好学社)、『クリスマスのきせき』(岩崎書店）など多数。『カエルのおでかけ』(日本絵本賞受賞・フレーベル館)、『うしとざん』(産経児童出版文化賞ニッポン放送賞、小学館児童出版文化賞受賞・小学館)『おきにいりのしろいドレスをきてレストランにいきました』（渡辺 朋・作　日本絵本賞受賞受賞・童心社）など作品多数。
山下明生とのコンビに、『さるかにがっせん』（あかね書房）、「ハリネズミ・チコ」シリーズ（理論社）などがある。

読書の時間・22

いかだネコG《ジー》氏《し》
12のぼうけん

2024年10月25日初版

作者　山下明生
画家　高畠那生
発行者　岡本光晴
発行所　株式会社あかね書房
〒101-0065
東京都千代田区西神田3－2－1
電話　03-3263-0641（営業）　03-3263-0644（編集）
https://www.akaneshobo.co.jp

印刷所　錦明印刷株式会社
製本所　株式会社難波製本

装丁　椎名麻美
協力　平勢彩子

NDC913　175p　22cm　ISBN 978-4-251-04492-1